クリスマスの妖精《フェアリー》
ホリー

デイジー・メドウズ 作
田内志文 訳

クリスマスを台《だい》なしにしてやろう。
トナカイどもを空《そら》へとさらってやろう。
サンタから子《こ》どもたちへのプレゼントは、
おかしも、おもちゃも、ぜんぶわしのものだ！

魔法《まほう》のトナカイどもよ、
魔法《まほう》をかけてやるからよく聞《き》いておれよ。
わしのいいつけをよく聞《き》いて、そりをひき、
この星《ほし》の夜空《よぞら》をどこまでもかけまわれ。

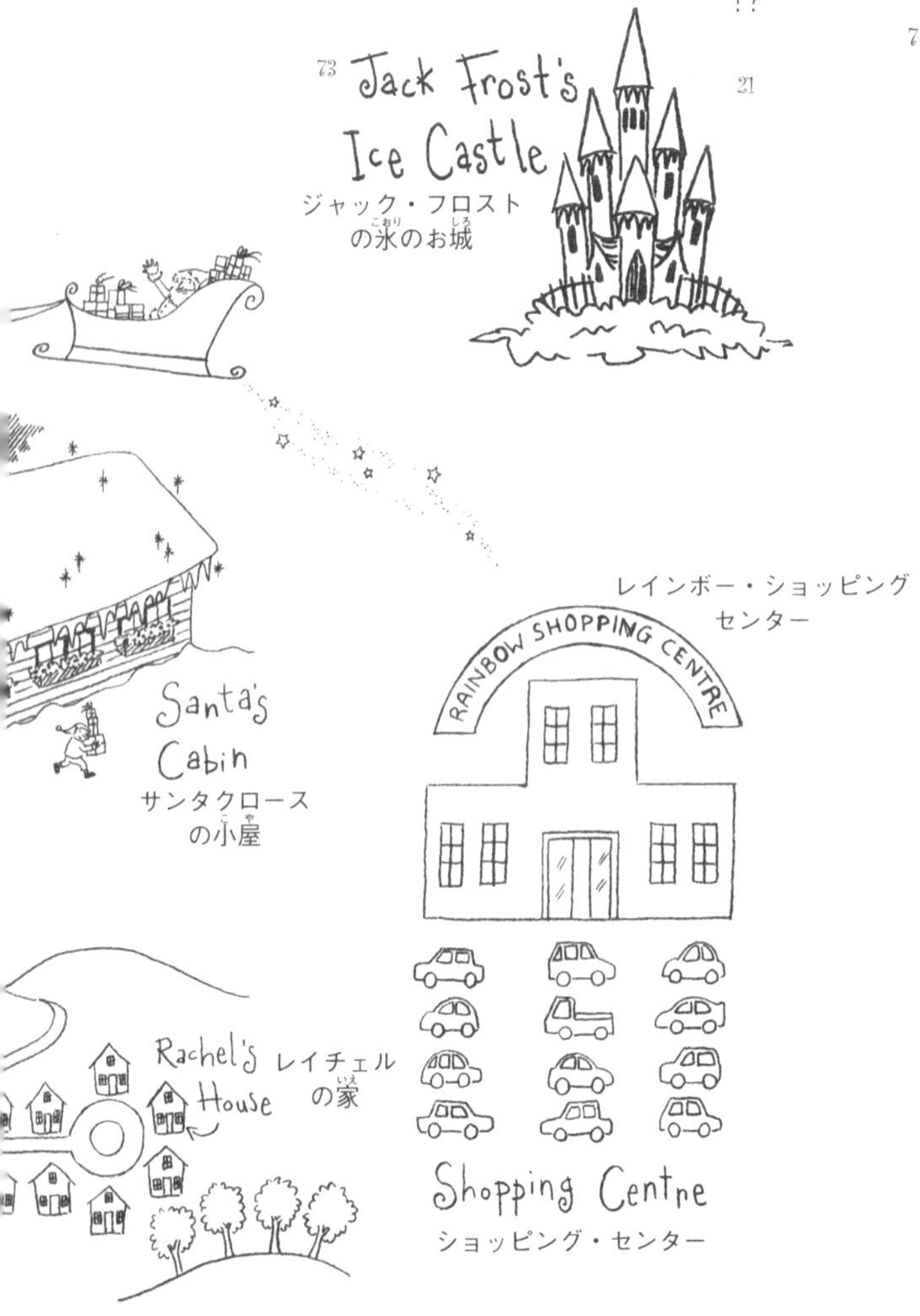
Jack Frost's Ice Castle
ジャック・フロストの氷《こおり》のお城《しろ》
Santa's Cabin
サンタクロースの小屋《こや》
レインボー・ショッピングセンター
RAINBOW SHOPPING CENTRE
Rachel's House
レイチェルの家《いえ》
Shopping Centre
ショッピング・センター

The Fairyland Palace
フェアリーランドのお城《しろ》
Hillfields Farm
ヒルフィールド農場《のうじょう》
HILLFIELDS FARM
Christmas Trees
クリスマス・ツリー
Tippington Town
ティッピングトンの街《まち》

Holly

クリスマスの妖精《フェアリー》
ホリー

Rachel Kirsty

レイチェルとカースティ
レインスペル島《とう》で会《あ》った、なかよしのふたり。
いっしょにクリスマスのじゅんびをすることに！

Jack Frost

ジャック・フロスト
氷《こおり》のお城《しろ》に住《す》んでいる妖精《フェアリー》。
クリスマスのプレゼントがもらえなくなり、
なにかいたずらをしようとしていて…。

Goblin

ゴブリン
みにくい顔《かお》と、
おれ曲《ま》がった鼻《はな》をしている、
ジャック・フロストの手下《てした》。

Santa

サンタクロース

赤《あか》と白《しろ》の服《ふく》を着《き》て、
白《しろ》いひげをはやしているおじいさん。

Elf

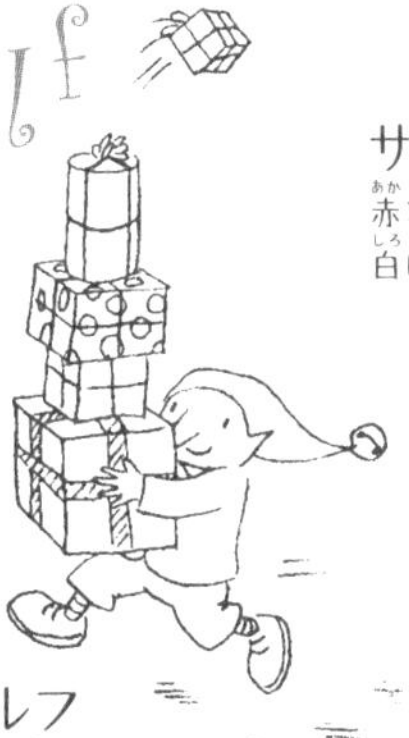

エルフ

みどり色《いろ》のチュニックを着《き》て、
サンタクロースのおてつだいをしているエルフ。

Queen Titania King Oberon

王様《おうさま》と女王様《じょおうさま》

フェアリーランドの王様《おうさま》と女王様《じょおうさま》。

Rachel's Mum

レイチェルのママ

Buttons

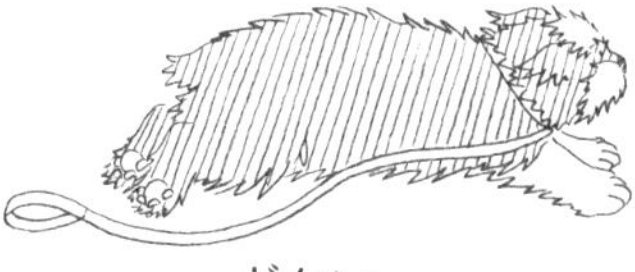

ボタン

レイチェルが飼《か》っている、
毛《け》むくじゃらの犬《いぬ》。

ナリンダー・ダーミに感謝をこめて

RAINBOW MAGIC: HOLLY THE CHRISTMAS FAIRY by Daisy Meadows

First published in Great Britain in 2004 by
Orchard Books, 338 Euston Road, London NW1 3BH

Japanese translation rights arranged with HIT Entertainment Limited
through Owls Agency Inc.

第《だい》1章《しょう》

サンタの消《き》えたそり

1.

しっぱい

「もうあと、たった三日《みっか》よ！」

レイチェル・ウォーカーが、しあわせそうにため息《いき》をつきました。

彼女《かのじょ》は長《なが》い赤《あか》のリボンに、ピンを使《つか》ってクリスマス・カードをとめているところです。

リビングのかべに、そうやってカードをかざるのです。

「クリスマス大好《だいす》き！　カースティ、あなたもでしょ？」

レイチェルのいちばんの友《とも》だち、カースティ・テイトがうなずきました。

「もちろん」

カースティはそう答《こた》えると、クリスマス・カードのたばを、もうひとつレイチェルに手渡《てわた》しました。

「魔法《まほう》みたいな季節《きせつ》だもんね」

レイチェルとカースティはわらいながら、首《くび》からさげているおそろいの金《きん》のロケットに手《て》でふれました。

ふたりにはすごい、魔法《まほう》の秘密《ひみつ》があります。

だれも知《し》らないのですが、ふたりは妖精《フェアリー》たちと友《とも》だちなのです！

ふたりはいままで何度《なんど》か、妖精《フェアリー》をたすけてあげるためにフェアリーランドをおとずれたことがあります。

最初《さいしょ》は、ジャック・フロストのいじわるな魔法《まほう》で姿《すがた》を消《け》してしまった、虹《にじ》の妖精《フェアリー》たちをたすけたとき。

次《つぎ》は、ジャック・フロストと手下《てした》のゴブリンたちが、妖精《フェアリー》の天気《てんき》を決《き》めている魔法《まほう》のニワトリ、ドゥードルのしっぽから魔法《まほう》の羽根《はね》をぬすんでしまったときでした。

ふたりはお天気《てんき》の妖精《フェアリー》たちといっしょに、ドゥードルの羽根《はね》をとり返《かえ》したのです。

そのお返《かえ》しに、妖精《フェアリー》の王様《おうさま》と女王様《じょおうさま》が、レイチェルとカースティに金《きん》のロケットをくれたのでした。

そのロケットには、魔法《まほう》のフェアリーダストがいっぱい入《はい》っています。もしふたりが妖精《フェアリー》のたすけをかりたいときには、それを使《つか》えばすぐにフェアリーランドにつれていってくれるのです。

「家《いえ》にとまらないか、さそってくれてありがとう」

カースティは、もう一本《いっぽん》リボンをきりながらいいました。

「ママとパパは、クリスマス・イヴにむかえにきてくれるって」

「それまでに、もしかしたら雪《ゆき》がふるかも！」

レイチェルがほほえみました。

「なんだか、どんどんさむくなってきているし。フェアリーランドのクリスマスは、いったいどんなのだろう……」

そのときドアが開《ひら》いて、レイチェルのママが中《なか》へ入《はい》ってきました。

その後《あと》から、毛《け》むくじゃらの人《ひと》なつっこいレイチェルの犬《いぬ》、ボタンがついてきます。はい色《いろ》と白《しろ》のもようで、モコモコとした長《なが》いしっぽをしています。

「まあふたりとも、とってもかわいいじゃないの！」

レイチェルのママは、かべにかけられたカードを見《み》てさけびました。

「今夜《こんや》は、みんなでヒルフィールド農場《のうじょう》にいって、クリスマス・ツリーをえらぶわよ」

「やったあ！」

レイチェルがいいました。

「カースティとわたしで、かざりつけをしてもいい？」

「ぜひぜひ、やってちょうだい！」

ママがわらいました。

「お昼《ひる》を食《た》べたら、物置《ものおき》からかざりをだしてくるといいわよ」

「ボタンもクリスマスが大好《だいす》きみたいね」

カースティはそういってほほえみました。

ボタンは、カードとリボンのあたりをくんくんかぎまわっています。

「そうなの」

レイチェルが答《こた》えました。

「毎年《まいとし》ごちそうを買《か》って、ラッピングしてあげるのよ。それで、毎年《まいとし》あの子《こ》ったらクリスマスの前《まえ》に見《み》つけて食《た》べちゃうの！」

ボタンはしっぽをふりました。

そして、リボンのはしっこを口《くち》にくわえると、ひっぱったまま走《はし》りだしました。

「ボタン、だめだってば！」

レイチェルはそうさけぶと、カースティといっしょにリボンをとりもどそうと後《あと》をおいかけました。

クリスマス・カードをつるし終《お》わるころには、あついスープのおいしいお昼《ひる》ごはんができあがっていました。

それを食《た》べると、レイチェルはカースティをつれて、かざりつけをとりに物置《ものおき》へといきました。

「さむくなってきたね」

カースティが、ふるえながらいいました。

「きっと雪《ゆき》になるわ」

「だったらいいなあ」

レイチェルが答《こた》えました。

「かざりつけはあの上《うえ》ね」

レイチェルは、作業台《さぎょうだい》の上《うえ》のたなを指《ゆび》さしました。

「わたしがはしごの上《うえ》にのって箱《はこ》をおろすから、ここでうけとってね」

「わかったわ」

カースティがうなずきました。

レイチェルははしごにのぼると、箱《はこ》をもちあげておろしました。

箱《はこ》には、銀色《ぎんいろ》の星《ほし》やピカピカ光《ひか》るふわふわのかざりひも、そしてピンクやむらさき、銀色《ぎんいろ》にかがやく宝石《ほうせき》かざりがたくさん入《はい》っています。

「てっぺんにかざる妖精《フェアリー》もあればいいんだけどなあ！」

カースティが箱《はこ》をさしだすレイチェルにむかって冗談《じょうだん》ぽくいいました。

「ざんねんでした！」

レイチェルがわらいます。

「いつもは銀色《ぎんいろ》の星《ほし》をかざるけど、ちょっと古《ふる》くてぼろぼろになっちゃったのよね。気《き》をつけて、カースティ」

レイチェルはそういうと、たなから箱《はこ》をもうひとつもちあげました。

「この箱《はこ》には、とがったものがいっぱい入《はい》ってるから。きゃあ！」

レイチェルは、びっくりしたようにひめいをあげました。

首《くび》にまいていた金《きん》のロケットが、木《き》の枝《えだ》で編《あ》んだキラキラ光《ひか》る小《ちい》さな輪《わ》にひっかかってしまったのです。

ロケットがパカッと開《ひら》いて、きらめくフェアリーダストがふたりの上《うえ》からふりそそぎました。

「やだわ！」

レイチェルはそうさけぶと、はしごからかけおりました。

「どうしよう？」

カースティがいいました。

しかし、そんなことをいっている時間《じかん》はありませんでした。

とつぜん、フェアリーダストがくるくるとたちこめたかと思《おも》うと、ふたりの体《からだ》がふわりとうきあがったのです。

フェアリーダストはうす明《あか》るい雪《ゆき》のような色《いろ》をして、ふたりのまわりをくるくるまわっています。

「カースティ、わたしたち小《ちい》さくなっていく！」

レイチェルがさけびました。

「きっとフェアリーランドにむかってるんだ！」

2.

クリスマスが台《だい》なしに!?

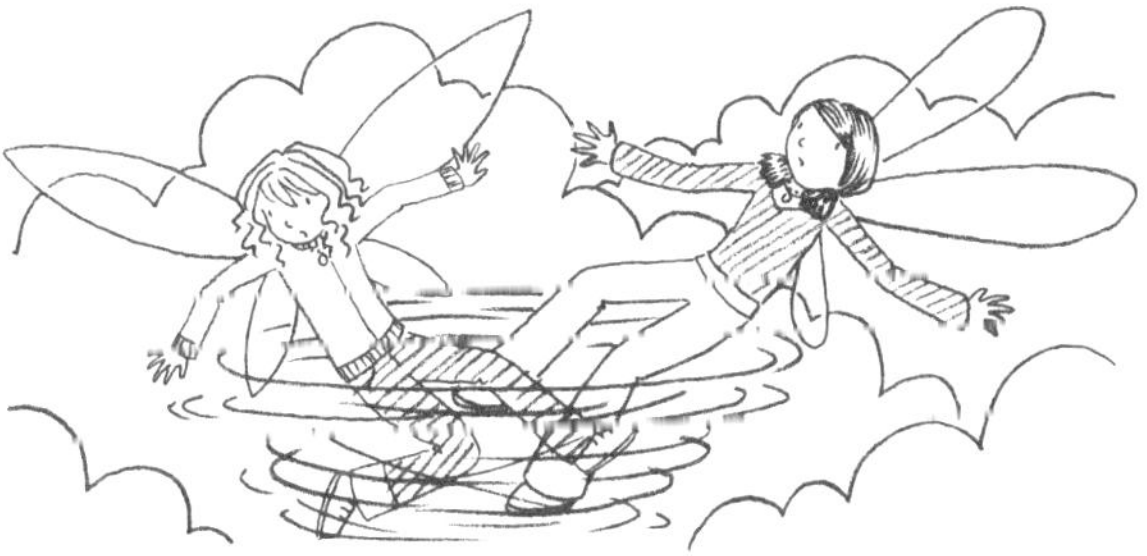

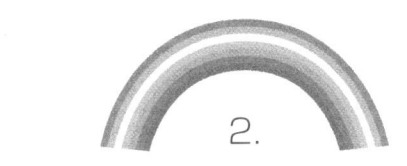

前《まえ》にもフェアリーランドにいったことがあるので、ふたりともぜんぜんびっくりしませんでした。

けれど、くるくるとまわり、雲《くも》の中《なか》をフェアリーランドにむかって飛《と》びながら、レイチェルはちょっとこまってきてしまいました。

さっきのはただの事故《じこ》で、フェアリーダストが使《つか》いたかったわけではないのです！

「だいじょうぶよ」

カースティが、レイチェルの顔《かお》を見《み》つめていいました。

「また妖精《フェアリー》たちに会《あ》ったら、きっとすっごく楽《たの》しいんだから」

やがて、赤《あか》と白《しろ》のキノコの家《いえ》と、ピンクの塔《とう》が四本《よんほん》たっているフェアリーランドの銀色《ぎんいろ》の宮殿《きゅうでん》が見《み》えてきました。

宮殿《きゅうでん》へと近《ちか》づいていくにつれて、妖精《フェアリー》たちが集《あつ》まって、ふたりに手《て》をふっているのが見《み》えてきました。

オベロン王《おう》とティタニア女王《じょおう》、虹《にじ》の妖精《フェアリー》たち、お天気《てんき》の妖精《フェアリー》たちもいます。

魔法《まほう》のニワトリ、ドゥードルまでむかえにきているではありませんか！

「こんにちは！」

ルビーとサフランがいいました。

「また会《あ》えるなんてすてき！」

パールとストームがさけびました。

ふたりが地面《じめん》におりると、妖精《フェアリー》たちがまわりをとりかこみました。

レイチェルは、すぐになにがあったのか説明《せつめい》しました。

「ごめんなさい」

レイチェルがため息《いき》をつきます。

「なにか用事《ようじ》があったわけじゃないの。ちょっと事故《じこ》だったんです」

女王様《じょおうさま》がほほえみました。

「いいえ、事故《じこ》なんかではありませんよ！」

と、銀《ぎん》のようにすんだ声《こえ》でいいました。

「わたしたちの魔法《まほう》であなたのロケットが開《ひら》いたのですよ。わるいのですが、またふたりにてつだってもらいたいことがあるのです！」

ふたりはびっくりして目《め》を見開《みひら》きながら、思《おも》わず顔《かお》を見《み》あわせてしまいました。

「ジャック・フロストじゃないわよね？」

カースティがたずねました。

「だって、虹《にじ》のはしっこに消《き》えちゃったんでしょう？」

レイチェルがつけたしていいました。

「いまからお話《はなし》しますね」

女王様《じょおうさま》がいいました。

「でもその前《まえ》に……」

彼女《かのじょ》はレイチェルのロケットにむけて杖《つえ》をふりました。

ロケットの中《なか》にフェアリーダストがいっぱい入《はい》ると、ひとりでに閉《と》じました。

「さて」

王様《おうさま》が妖精《フェアリー》たちのほうをむきました。

「クリスマスの妖精《フェアリー》ホリーはどこにおる？」

ホリーが前《まえ》にすすみでてくるのを見《み》ようと、カースティとレイチェルは目《め》をむけました。

ふたりとも、まだクリスマスの妖精《フェアリー》には会《あ》ったことがないのです。

暗《くら》い色《いろ》のかみの毛《け》をして、ヒイラギの実《み》とおなじような赤《あか》い小《ちい》さな洋服《ようふく》を着《き》ています。

洋服《ようふく》には、ふわふわした白《しろ》のふちのついた赤《あか》いフードがついていて、足《あし》には小《ちい》さな赤《あか》いブーツをはいています。

しかし、クリスマスの妖精《フェアリー》だというのに、ホリーはどこかかなしそうな顔《かお》をしていました。

「ホリーの仕事《しごと》は、クリスマスを楽《たの》しくすることなの」

ティタニア女王《じょおう》が説明《せつめい》しました。

「そうなの」

ホリーがため息《いき》をつきました。

「サンタのエルフたちをまとめて、トナカイに飛《と》びかたを教《おし》えるのよ。クリスマスができるだけキラキラして、しあわせなものになるようにするのが、あたしの仕事《しごと》なの」

「でも今年《ことし》は、ジャック・フロストがわるさをしようとしているのだ」

王様《おうさま》がふたりにいいました。

「あやまって、もうわるさはしないというから虹《にじ》のはしっこからつれもどしてやったのだけれどな」

「ジャック・フロストは、ドゥードルといっしょに、冬《ふゆ》の天気《てんき》を作《つく》ってくれることになっていたのです」

　ティタニア女王《じょおう》がいいました。

「それで、どうなったのですか？」

　レイチェルがたずねました。

「うむ、ジャック・フロストがサンタクロースに、プレゼントがほしいと手紙《てがみ》を書《か》いたのだ」

　王様《おうさま》がつづけていいました。

「だが、あまりにわるさがひどいから、今年《ことし》はプレゼントをもらえないという手紙《てがみ》が返《かえ》ってきたのだ！」

「ジャック・フロストがなにをしようとしているのか、これを見《み》てください」

　女王様《じょおうさま》がいいました。

そして、花《はな》にかこまれた、青《あお》い水《みず》の小《ちい》さな池《いけ》の上《うえ》で杖《つえ》をふりました。

水《みず》がぶくぶくとあわだったかと思《おも》うと、やがてガラスみたいになめらかになりました。

水面《すいめん》に、なにかがうかびあがってきます。

どこか、大《おお》きな丸太小屋《まるたごや》のようすが見《み》えます。

どうやら夜《よる》のようです。

深《ふか》い雪《ゆき》におおわれていて、木《き》で作《つく》られた屋根《やね》からはつららがたれさ

がっています。

部屋《へや》の中《なか》には、おもちゃがいっぱいありました。

お人形《にんぎょう》、ジグソーパズル、自転車《じてんしゃ》、ゲーム、パズルや本《ほん》などが山《やま》のようにゆかにならんでいるのです。

カースティもレイチェルも、こんなにたくさんのおもちゃを見《み》るのははじめてです。

「わあ！」

カースティが、口《くち》を手《て》でおさえて息《いき》をのみました。

「レイチェル、見《み》て！」

部屋《へや》のすみに、とてもきれいなゆり木馬《もくば》がおいてあります。

足下《あしもと》のゆれる部分《ぶぶん》に、だれかが金色《きんいろ》のもようを描《えが》いているのが見《み》えます。

赤《あか》と白《しろ》の服《ふく》を着《き》て、白《しろ》いひげをはやした楽《たの》しげな顔《かお》。

「サンタクロースだわ！」

レイチェルがうれしそうにさけびました。

それからまた映像《えいぞう》は、丸太小屋《まるたごや》の外《そと》にもどりました。

そこには、サンタのそりがおいてありました。

銀色《ぎんいろ》と白《しろ》で、魔法《まほう》のかがやきをはなっています。

八頭《はっとう》のトナカイたちがそりにつながれていて、いつでもでかけられるようにじゅんびをしています。

角《つの》をふりながら、じっとまっています。

明《あか》るいみどり色《いろ》をしたチュニックを着《き》た小《ちい》さなエルフたちが、そりのまわりをかけまわりながら、プレゼントをのせていくのが見《み》えます。うでいっぱいに荷物《にもつ》をかかえながら走《はし》りまわるたびに、ぼうしのてっぺんで、鈴《すず》がチリンチリンと楽《たの》しそうな音《おと》をたてています。

カースティとレイチェルはとっても楽《たの》しくて、なんで自分《じぶん》たちがその映像《えいぞう》を見《み》ているのかわすれてしまいそうなほどでした。

しかしやがて、そりに山《やま》ほどのプレゼントがつめこまれると、とげとげした顔《かお》のジャック・フロストが姿《すがた》をあらわしたのです。カースティとレイチェルの見《み》ている前《まえ》で、ジャック・フロストは丸太小屋《まるたごや》のかげからのぞき見《み》ています。

そして、そりのまわりにエルフたちがいなくなると、ぱっとかけよってそりに飛《と》びのってしまったのです。たづなをにぎりしめると、自分《じぶん》の命令《めいれい》をきくようにトナカイたちに呪文《じゅもん》をとなえました。

そして次《つぎ》の瞬間《しゅんかん》、そりは地面《じめん》から飛《と》びたつと、星《ほし》のきらめく夜空《よぞら》へとまいあがっていってしまったのでした。

エルフたちはそれを見《み》るとおいかけましたが、魔法《まほう》のそりははやすぎてとてもおいつけません。

「やだ、ひどい！」

カースティは怒《おこ》ったようにいいました。

「サンタさんのそりをぬすんじゃうだなんて！」

「なぜ力《ちから》をかりたいのか、わかってもらえたでしょう？」

ティタニア女王《じょおう》がそういうと、映像《えいぞう》は消《き》えていきました。

「クリスマス・イヴの前《まえ》に、ホリーはサンタクロースのそりを見《み》つけてとりもどさなくてはいけないのです。そうしないと、世界中《せかいじゅう》の子どもたちのクリスマスが台《だい》なしになってしまいます！」

「きっとジャック・フロストは、あなたたちの世界《せかい》にそりをもっていっちゃったんだと思《おも》うの」

ホリーがいいました。

「パーティが大好《だいす》きなあいつが、クリスマスにだまっていられるわけないんだもの。手《て》をかしてもらえる？」

「もちろんよ」

レイチェルとカースティは声《こえ》をそろえました。

ホリーがほほえみます。

「ありがとう！」

彼女《かのじょ》はそうさけぶと、ふたりをだきしめました。

「どこから探《さが》そうか？」

レイチェルがいいました。

「いつものように、魔法《まほう》のほうからやってきてくれるでしょう」

ティタニア女王《じょおう》がほほえみながらいいました。

「あせらなければ、いずれわかります。それにホリーもたすけてくれるでしょう。けれど、あとひとつ知《し》っておいてほしいことがあるのです……」

女王様《じょおうさま》はもう一度《いちど》、池《いけ》の上《うえ》で杖《つえ》をふりました。

三《みっ》つのプレゼントがうかびあがってくるのを、ふたりは見《み》まもりました。

プレゼントはきれいな金色《きんいろ》のつつみ紙《がみ》につつまれていて、虹《にじ》の七色《なないろ》にかがやくリボンがついています。

「ジャック・フロストにぬすまれたそりにのっているのですが、このプレゼントたちはとても特別《とくべつ》なのです」

女王様《じょおうさま》がいいました。

「だからどうか、これを見《み》つけてほしいのです」

王様《おうさま》が、やわらかい金色《きんいろ》のバッグをもってすすみでました。

「ジャック・フロストをやっつけるのに、役立《やくだ》つはずだ」

王様《おうさま》はそういうと、バッグを開《ひら》いて、ふたりにキラキラ光《ひか》る妖精《フェアリー》の冠《かんむり》を見《み》せました。

「この冠《かんむり》には、強力《きょうりょく》な魔法《まほう》がこめられておる。これをジャック・フロストがかぶれば、すぐにわしとティタニア女王《じょおう》の前《まえ》につれてこられてしまうのだ」

カースティはバッグをうけとると、しっかりと肩《かた》にかつぎました。

「レイチェル、カースティ、ふたりともがんばってくださいね！」

女王様《じょおうさま》がいいました。

そして杖《つえ》をふりあげると、ふたりのまわりにまたフェアリーグストがくるくるとまきおこりました。

レイチェルとカースティは、またふわりとうきあがると、家《いえ》にむかってまいあがっていきました。

3.

ボタン脱走《だっそう》!

「もどってきたわ！」

キラキラしたフェアリーダストの雲《くも》がはれると、レイチェルがいいました。

ふたりはまた、レイチェルの家《いえ》のガレージにいたのでした。

「元《もと》の大《おお》きさにもどってるわ」

カースティが、ジーンズについたフェアリーダストをはらいながらいいました。

「かわいそうなホリー。力《ちから》になってあげられたらいいんだけど」

「いじわるなジャック・フロストを見《み》つけてみせるわよ！」

レイチェルがいいました。

「でも、いまは家《いえ》で、かざりつけを終《お》わらせなくっちゃ。きっとママが探《さが》していると思《おも》うわ」

カースティは小《ちい》さな金色《きんいろ》のバッグを、なくさないようにポケットの中《なか》にしまいました。

それから、箱《はこ》を運《はこ》んでいるレイチェルに手《て》をかしました。

家《いえ》の中《なか》に箱《はこ》をもって入《はい》ると、ふたりは中《なか》を見《み》てみました。

「なるほど、さっき言《い》ってたのはこの星《ほし》のことね」

カースティはそういいながら、大《おお》きい星《ほし》を手《て》にとりました。

銀色《ぎんいろ》の星《ほし》は、すっかりぼろぼろになってしまっています。

「きっとママが、あとでツリーのてっぺんにかざるものをなにか買《か》ってきなさいっていうわ」

レイチェルがいいました。

「今年《ことし》は妖精《フェアリー》がほしいなあ！」

ふたりはお昼《ひる》のあいだじゅう、かざりつけを整理《せいり》してすごしました。

午後六時《ごごろくじ》に、レイチェルのパパがおしごとからもどってきました。

いよいよ、みんなでヒルフィールド農場《のうじょう》に、クリスマス・ツリーをえらびに出発《しゅっぱつ》です。

「どうやら、考《かんが》えることはみんなおなじみたいね！」

農場《のうじょう》のよこに車《くるま》がとまると、レイチェルのママがいいました。

たくさんの人《ひと》たちが、クリスマス・ツリーを見《み》にきています。

いろんな形《かたち》や大《おお》きさのツリーが、何百本《なんびゃっぽん》もあります。

「すごくたくさんあるのね！」

カースティがわらいました。

「完《かん》ぺきな一本《いっぽん》を見《み》つけるわよ」

レイチェルはそういいながら車《くるま》をおりました。

ふたりは農場《のうじょう》の広場《ひろば》へとかけだしました。

あとから、パパとママ、そしてボタンがついてきます。

夕方《ゆうがた》の空気《くうき》はつめたくすんでいて、暗《くら》い空《そら》に星《ほし》たちがかがやいています。

「あんまり大《おお》きいのをえらんじゃだめよ」

レイチェルのママがいいました。

「玄関《げんかん》から入《はい》らなくなっちゃうから」

レイチェルとカースティは、ならべられたツリーたちのあいだをいったりきたりしてみました。

けれども、ちょうどいい一本《いっぽん》はなかなか見《み》つかりません。

大《おお》きすぎたり小《ちい》さすぎたり、葉《は》っぱが多《おお》すぎたり少《すく》なすぎたりです。

すると、レイチェルが前《まえ》のほうにある一本《いっぽん》を見《み》つけました。

葉《は》っぱはみどり色《いろ》につやつや光《ひか》っていて、つめたい空気《くうき》の中《なか》、まるで木《き》が光《ひか》っているようにすら見《み》えます。

「あれなら完《かん》ぺきじゃない」

レイチェルは近《ちか》づきながら、ひとりごとをいいました。

「大《おお》きすぎもしないし、小《ちい》さすぎもしないし」

そのとき、レイチェルは木《き》の中《なか》でなにか赤《あか》く光《ひか》っているのに気《き》がつきました。

小《ちい》さい顔《かお》がひょっこりあらわれると、彼女《かのじょ》を見《み》つめます。

「あたしよ！」

ホリーはそうさけぶと、杖《つえ》をふりました。

キラキラ光《ひか》るヒイラギの実《み》が、ツリーの上《うえ》ではねまわります。

レイチェルが顔《かお》をかがやかせました。

「カースティ、こっちよ！」

レイチェルがさけびます。

カースティがかけてきました。

「ホリー、こんなところでどうしたの？」

カースティがたずねました。

「ジャック・フロストが近《ちか》くにいるの？」

しかし、ホリーがなにかいいかけたとき、レイチェルのママのさけび声《ごえ》が聞《き》こえたかと思《おも》うと、ボタンが首《くび》からリードをひきずりながら、ふたりのよこをかけぬけていきました。

けたたましく大声《おおごえ》でほえています。

「ふたりとも、ボタンをつかまえて！」

ママが息《いき》をきらしながらいいました。

「いったいどうしちゃったのよ。いきなりリードごとにげだしちゃったの」

「つかまえてくるわ、ママ」

レイチェルがいいました。

「その木《き》を見《み》ていて」

ホリーがカースティのポケットに飛《と》びこむと、ふたりはすっかりこうふんしているボタンをおいかけて走《はし》りだしました。

ボタンは広場《ひろば》をぬけて、一本《いっぽん》のかしの木《き》めがけて走《はし》っていきます。

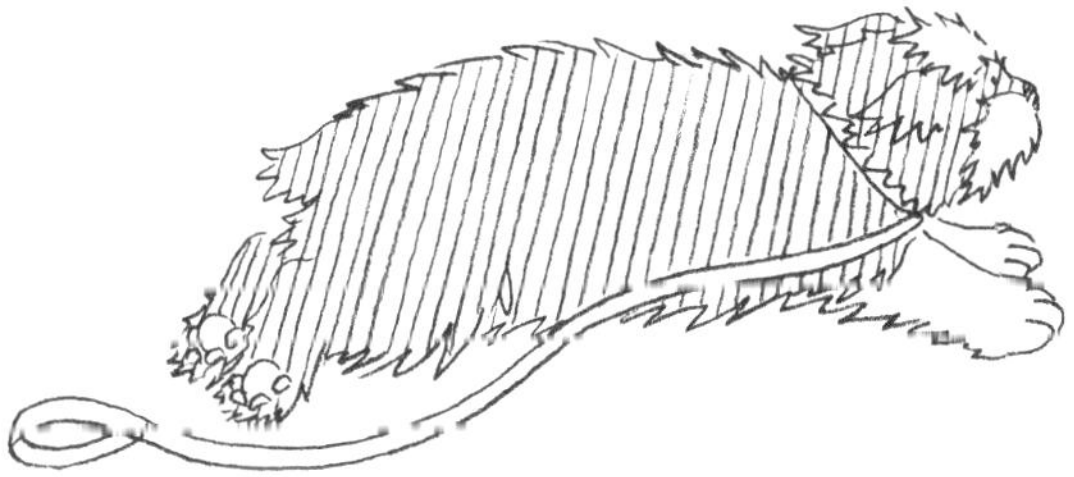

そのとき、かしの木《き》のかげから、ぱっと影《かげ》が飛《と》びだして、古《ふる》い納屋《なや》のほうにむかっていくのをカースティが見《み》つけました。あたりはすっかり暗《くら》くなっていましたが、あのとがった鼻《はな》と大《おお》きな足《あし》は、見《み》おぼえがあります。

「わかったわ！」

カースティがはっとしていいました。

「ボタンは、ジャック・フロストのゴブリンをおいかけているのよ！」

「このあたりにいるっていうのはわかってたの！」

ホリーがさけびました。

「いそいで！　おいかけて！」

ボタンは納屋《なや》の外《そと》で走《はし》るのをやめて、ドアをくんくんかぎまわっています。

「きっと、あのゴブリンが中《なか》にいるんだわ」

レイチェルは小声《こごえ》でいいながら、ボタンのリードをにぎりました。

手早《てばや》くリードを納屋《なや》のかべにつきでているくぎにひっかけると、ポンポンとボタンをたたきます。

「ここでしずかにしていてね、ボタン」

レイチェルがささやきます。

「すぐもどってくるんだから」

「中《なか》を見《み》てみよう」

カースティがいいました。

そっとドアをあけて、みんなでのぞきこんでみます。

中《なか》からふきだしてきたつめたい空気《くうき》があたりをつつみます。

ふたりとホリーは、納屋《なや》の反対《はんたい》がわに大《おお》きなドアがならんでいるのを見《み》つけました。

ドアは大《おお》きく開《ひら》いていて、すじになった光《ひかり》が納屋《なや》から空《そら》へとつづいています。

その光《ひかり》の先《さき》に、なにか銀色《ぎんいろ》のものがすごいスピードで走《はし》っていくのが見《み》えます。

ぬすまれたサンタクロースのそりです！

4.

イライラゴブリン

「ジャック・フロストがここにいたんだわ」

カースティが、がっかりしたような顔《かお》をしていいました。

「とりにがしちゃった」

「だからこんなにさむいのね」

ホリーがぶるぶるとふるえながらいいました。

納屋《なや》の中《なか》には、まとめられたわらがどっさりつまれていました。

レイチェルはきょろきょろと見《み》まわすと、わらの上《うえ》にプレゼントのつつみ紙《がみ》がちらばっているのを見《み》つけました。

「ジャック・フロストが、サンタさんのプレゼントをあけたんだわ！」

レイチェルが怒《おこ》ったようにいいました。

「ひどいと思《おも》わない？」

「シー！」

ホリーがささやきました。

「ゴブリンたちだわ！」

二匹《にひき》のゴブリンたちが、開《ひら》いているドアの近《ちか》くにある、わらの山《やま》のかげからころがりだしてきたのです。

二匹《にひき》はおたがいにどなりあい、けんかをしています。

「そいつはおれのだぞ！」

鼻《はな》にイボのあるゴブリンがさけびました。

「いいや、おれのだね！」

もう一匹《いっぴき》がどなり返《かえ》します。

「見《み》て」

レイチェルがいいました。

ゴブリンたちが手《て》にしているプレゼントを指《ゆび》さします。

「あれ、女王様《じょおうさま》にいわれた特別《とくべつ》なプレゼントのひとつじゃない！」

「とり返《かえ》さなくっちゃ」

ホリーがいいました。

「のこりのふたつは、まだきっとそりの上《うえ》にあるんだわ」

カースティがいいました。

「このあたりには、金色《きんいろ》のつつみ紙《がみ》はちらばってないみたいだし」

ゴブリンたちは、まだほこりっぽい納屋《なや》のゆかをころげまわりながらけんかしています。

「そいつをおれによこせ！」

イボのゴブリンがどなります。

「中身《なかみ》はクリスマス・ケーキかブランデー・スナップか、めちゃめちゃおいしいミンス・パイか……」

「ミンス・パイ！」

もう一匹《いっぴき》のゴブリンが舌《した》なめずりをしてさけびます。

「おれがぜんぶ食《く》う！」

「さあ、どうしよう？」

レイチェルがひそひそ声《ごえ》でいいました。

「あのプレゼントをどうやってとりもどせばいい？」

カースティが顔《かお》をしかめました。

「考《かんが》えがあるの」

カースティがいいました。

「どうやらあの二匹《にひき》は、ミンス・パイが好《す》きみたい。ホリー、魔法《まほう》でミンス・パイのにおいをだせない？」

ホリーの目《め》がきらりとかがやきました。

「もちろんできるわ」

ホリーが答《こた》えます。

「わたしたち、屋根《やね》うらに大《おお》きなミンス・パイがあるってあいつらにいってくるわ」

カースティがつづけていいます。

「いじきたないあいつらのことだから、きっと飛《と》びあがって屋根《やね》うらにむかうだろうけど、プレゼントをもったまま、はしごをのぼるのはむりだわ。そしたらきっと、とりもどすチャンスがあるはず！」

レイチェルとホリーが、カースティにわらいました。

「いい考《かんが》えだわ！」

ホリーがいいました。

「あつあつのミンス・パイのにおい、魔法《まほう》でだしちゃうわよ！」

ホリーはゴブリンたちのほうへと飛《と》んでいきました。

5.

魔《ま》法《ほう》のトリック

レイチェルとカースティは、ゴブリンたちの頭《あたま》の上《うえ》に飛《と》んでいくホリーを心配《しんぱい》そうに見《み》つめました。

二匹《にひき》ともけんかに夢中《むちゅう》で、ホリーに気《き》づくようすはありません。

ホリーが杖《つえ》をふると、何秒《なんびょう》かたってから、焼《や》きたてのミンス・パイのにおいが納屋《なや》の中《なか》にただよいはじめました。

外《そと》に立《た》っているレイチェルとカースティのところにまで、においがとどいてきます。

ゴブリンたちがけんかをやめました。

二匹《にひき》とも大《おお》きな鼻《はな》をつきだして、においをかいでいます。

「焼《や》きたてのミンス・パイよ！」

ホリーはそうさけぶと、屋根《やね》うらへとつづくはしごを指《ゆび》さしました。

「屋根《やね》うらにあるわ。さあどうぞ」

「ミンス・パイ！　うまそう！」

かたほうのゴブリンがさけびました。

そしてプレゼントをもうかたほうのゴブリンにおしつけると、はしごへとかけだしました。

しかし、もうかたほうのゴブリンも、おくれるわけにはいきません。

先《さき》に走《はし》りだしたゴブリンに、食《く》らいつくようにはしごへとむかいます。

そして、プレゼントをもったままでは、はしごにのぼれないことに気《き》がつくと、さっさと箱《はこ》をつみあがったわらの上《うえ》になげだしてしまいました。

レイチェルとカースティは、おたがいをおしのけあいながらはしごをのぼっていくゴブリンたちを見《み》て、声《こえ》をあげてわらいました。

二匹《にひき》がはしごをてっぺんまでのぼりきると、ふたりは納屋《なや》に走《はし》りこんで、カースティがプレゼントを拾《ひろ》いあげました。

上《うえ》のほうからいきなりさけび声《ごえ》がしました。

「ミンス・パイなんてありゃしないぞ！　だまされたんだ！」

一匹《いっぴき》のゴブリンが納屋《なや》の中《なか》を見《み》おろして、

「うそつきのクリスマスの妖精《フェアリー》め、どこにいやがる」

とどなりました。

「はやく！」

ホリーが息《いき》をのみました。

「ここからでるわよ！」

ふたりとホリーは、はしごからいそいでおりてくるゴブリンたちをよこ目《め》に見《み》ながら、ドアへと走《はし》りだしました。

「にがすな！」

かたほうのゴブリンがさけびます。

外《そと》にでると、レイチェルはボタンのリードをにぎりしめて、くぎからはずしました。

ゴブリンたちは入《い》り口《ぐち》からでてくると、レイチェルにむかってきました。

けれども、それを見《み》つけたボタンが大声《おおごえ》でほえはじめました。

ゴブリンたちの表情《ひょうじょう》が、さっとかわります。

「プレゼントをとり返《かえ》してこいよ！」

一匹《いっぴき》めのゴブリンが、もうかたほうのゴブリンをつつきます。

「やだね、おまえがいってこい！」

もうかたほうのゴブリンがさけびます。

ほえつづけながら、ボタンはゴブリンたちのほうにレイチェルをひっぱりはじめました。

ゴブリンたちはそれを見《み》ると飛《と》びあがって、納屋《なや》にかけこむとドアを閉《し》めてしまいました。

「いい子《こ》ね！」

レイチェルは、ボタンをポンポンとたたいてなだめながらいいました。

カースティは、ホリーにプレゼントを見《み》せているところです。

「やったあ！　特別《とくべつ》なプレゼントをひとつ見《み》つけたわ！」

ホリーが顔《かお》をかがやかせました。

「すぐにフェアリーランドにもって帰《かえ》らなくっちゃ」

「またすぐに会《あ》いましょう」

レイチェルは、空《そら》へとはばたいていくホリーにさけびました。

「ジャック・フロストがどこにいるか見《み》つけたら、すぐにもどってくるわ！」

ホリーが約束《やくそく》しました。

レイチェルとカースティは、農場《のうじょう》の広場《ひろば》にいるパパとママのところにいそいでひき返《かえ》しました。

ふたりは、レイチェルがえらんだツリーを買《か》って、車《くるま》の屋根《やね》にのせようとしているところでした。

「さて、そろそろ家《いえ》に帰《かえ》りましょう。ミンス・パイとココアがあるわよ」

みんなで車《くるま》にのりこみながら、レイチェルのママがいいました。

レイチェルとカースティは、顔《かお》を見《み》あわせてわらいました。

「ミンス・パイがちょうど食《た》べたかったの、ママ」

レイチェルが、わらいをこらえながらいいました。

「ボタンにもミンス・パイをあげなくっちゃね」

カースティがささやきました。

「この子《こ》のおかげで、ゴブリンと最初《さいしょ》のプレゼントを見《み》つけられたんだもの」

「ワン！」

ボタンも、そうだそうだといっているようにほえました。

「うん。妖精《フェアリー》のぼうけんは、まだまだ終《お》わりじゃないわよ」

レイチェルが目《め》をかがやかせながらいいました。

「そりをとりもどして、最高《さいこう》のクリスマスにしてやるんだから！」

第《だい》2章《しょう》

かんいっぱつ！

1.

クリスマスのお買《か》いもの

「クリスマスまであと二日《ふつか》ね！」

次《つぎ》の朝《あさ》、レイチェルは部屋《へや》の鏡《かがみ》の前《まえ》で、かみの毛《け》をとかしながらいいました。

ふたりは、レイチェルのママといっしょに、クリスマスのお買《か》いものにいくために、じゅんびをしているところです。

「すごくわくわくしちゃうね、カースティ？」

カースティがうなずきました。

「もうまてないよ！」

カースティがいいました。

「でも、あんまりすぐにクリスマスになってほしくないなあ。ジャック・フロストとサンタさんのそりをまず見《み》つけなくっちゃ」

「うん」

レイチェルがうなずきます。

「妖精《フェアリー》たちのおてつだいをちゃんとすませたら、いよいよクリスマスのお楽《たの》しみってわけね」

「ママにプレゼントを買《か》わなくっちゃ」

カースティがいいました。

「レイチェルも、まだいくつもプレゼント買《か》うの?」

レイチェルが首《くび》をよこにふりました。

「ひとつだけよ」

彼女《かのじょ》が答《こた》えます。

「でも、ショッピング・センターは、すごくきれいなクリスマスのかざりつけをしてるから、買《か》いものがあんまりなくても、見《み》てまわっているだけで楽《たの》しいのよ」

「ふたりとも、用意《ようい》はいい？」

ママが階段《かいだん》の下《した》からよびました。

「いまいくわ、ママ」

レイチェルが大声《おおごえ》で返事《へんじ》をしました。

ふたりはわらったりおしゃべりしたりしながら、バタバタと階段《かいだん》をおりました。

ママは玄関《げんかん》で、ふたりのことをまっていました。

「スカーフと手《て》ぶくろをわすれないようにね」

ママは、車《くるま》のカギを手《て》にとりながらいいました。

「今日《きょう》はほんとうにさむいし、ショッピング・センターの駐車場《ちゅうしゃじょう》は外《そと》にあるから」

彼女《かのじょ》は玄関《げんかん》のドアをあけると、車《くるま》をとりにガレージへとむかいました。

玄関《げんかん》のドアからつめたい風《かぜ》がビュウッとふきこんできて、クリスマス・ツリーのかざりをゆらすと、レイチェルはぶるっと体《からだ》をふるわせました。

「さむい!」

レイチェルがコートをにぎりしめて息《いき》をのみます。

「ママのいうとおりだわ。今日《きょう》すっごくさむい」

「ツリー、ほんとうにすごくかわいいね」

カースティは手《て》ぶくろをはめながら、うっとりした顔《かお》でいいました。

レイチェルの家《いえ》には大《おお》きな玄関《げんかん》ホールがあって、ツリーは階段《かいだん》のそばの角《かど》におかれています。

レイチェルとカースティがきれいにかざりつけをしたツリーは、リボンやキラキラのかざりやおもちゃでかがやいています。

「いままでのツリーの中《なか》でも最高《さいこう》だわ」

レイチェルがうなずきました。

「でもでかけるから、ライトは消《け》していかなくっちゃ」

レイチェルがクリスマス・ツリーのライトを消《け》すのを見《み》て、カースティはなんだかツリーのようすがかわっていることに気《き》がつきました。

使《つか》い古《ふる》してボロボロになった星《ほし》を、てっぺんにそっとのせたはずだったのですが、いまは、かわいらしいキラキラした妖精《フェアリー》がのっているではありませんか！

カースティはびっくりして見《み》つめながら、どうやらそれが本物《ほんもの》の妖精《フェアリー》だということに気《き》がつきました。

ツリーのてっぺんには、かがやく赤《あか》い服《ふく》に身《み》をつつんだホリーがすわっていて、カースティにむかって手《て》をふっていたのです。

「ホリー!」

カースティが顔《かお》をかがやかせました。

「そこでなにをしているの?」

「このツリーには妖精《フェアリー》がたりないなって思《おも》って!」

ホリーがいたずらっぽくわらいました。

レイチェルは、ホリーがまいおりてきて、カースティの肩《かた》にとまるのを見《み》つめました。

「こんにちは、レイチェル」

ホリーはキラキラした声《こえ》で歌《うた》うようにいいました。

「なんだか今日《きょう》は、魔法《まほう》みたいなことがおこりそうな予感《よかん》がするの。いっしょにお買《か》いものにいってもいい?」

「もちろん」

レイチェルがうれしそうに答《こた》えました。

「でも、ママに見《み》つからないように気《き》をつけてね！」

「だいじょうぶよ」

ホリーはふたりにウインクをすると、そっと羽《はね》をたたんで、カースティが着《き》ているコートのポケットに入《はい》りこみました。

けれど、すぐに顔《かお》をだすと、

「魔法《まほう》の冠《かんむり》をわすれないでね」

といいました。

「ポケットに入《はい》ってるわ」

レイチェルがホリーにうなずいてみせました。

レイチェルのママが、車《くるま》のクラクションをならすのが聞《き》こえました。

「きっと、なにか魔法《まほう》みたいなことがおこるわ!」

外《そと》へとかけだしながら、レイチェルがカースティに小声《こごえ》でいいました。

「もしかしたら今日《きょう》、サンタさんのそりと、のこりのプレゼントも見《み》つかるかも」

「だといいね!」

カースティがほほえみながらいいました。

2.

つめたい空《くう》気《き》

まだ朝《あさ》はやいというのに、到着《とうちゃく》してみると、ショッピング・センターはもうにぎわっていました。

レイチェルのママは、駐車場《ちゅうしゃじょう》に車《くるま》をとめるのに列《れつ》にならばなくてはならず、あいた場所《ばしょ》を見《み》つけるのにも時間《じかん》がかかってしまいました。

「さてと、レイチェル」

車《くるま》からおりながら、ママがいいました。

「カースティといっしょにお買《か》いものをしてきてくれる？　ママもプレゼントを買《か》うのだけど、あなたたちに見《み》られたくないの！」

「それってどういうこと？」

レイチェルが首《くび》をかしげました。

「もしいっちゃったら、おどろかせることにならないでしょう？」

ママがわらいました。

「ここでわかれて、一時間《いちじかん》たったらあのガラスのエレベーターのところで、みんなでまちあわせしましょう。ショッピング・センターからでちゃだめよ」

「わかったわ」

ふたりは返事《へんじ》をしました。

ママはふたりを一階《いっかい》にのこしてエレベーターにのりました。

ふたりは、ショー・ウインドウにかざられたクリスマスのディスプレイを見《み》ながら、しあわせそうにおしゃべりをして、ショッピング・センターの中《なか》を歩《ある》きまわりました。

スピーカーからはクリスマス・ソングが流《なが》れていて、買《か》いものぶくろをたくさんもった人々《ひとびと》がいったりきたりしています。

レイチェルとカースティは、まだ買《か》っていなかったぶんのプレゼントをすぐに買《か》いました。

カースティは、ママにかわいらしい銀色《ぎんいろ》のイヤリングを、そしてレイチェルは、パパに日記帳《にっきちょう》を買《か》いました。

「ホリー、だいじょうぶ？」

カースティは、もうかたほうのポケットにイヤリングをしまいながら小声《こごえ》でいいました。

ホリーがうなずきます。

そして、外《そと》のようすを見《み》るために、ポケットからひょっこり顔《かお》をだしました。

けれども、彼女《かのじょ》はとても小《ちい》さいので、がやがやといそがしいショッピング・センターの中《なか》ではだれも気《き》がつきません。

「クリスマスのディスプレイを見《み》にいこうよ」

レイチェルがカースティに声《こえ》をかけました。

「すっごくきれいなんだから」

カースティがまちきれないといった顔《かお》でうなずくと、レイチェルはショッピング・センターの中央広場《ちゅうおうひろば》へと彼女《かのじょ》をつれていきました。

広場《ひろば》につくと、ふたりの目《め》の前《まえ》にサンタクロースのほら穴《あな》が姿《すがた》をあらわしました。

「わあ!」

カースティが目《め》を見開《みひら》きます。

「すっごい!」

ほら穴《あな》にはキラキラとかがやくライトにおおわれた、大《おお》きな白《しろ》いテントがはってありました。

ライトは白《しろ》から青《あお》、そして銀色《ぎんいろ》へと色《いろ》をかえ、また元《もと》の色《いろ》へともどっていきます。

きらめく長《なが》いつららが、屋根《やね》からたれさがっています。

テントは作《つく》りものの雪《ゆき》におおわれていて、等身大《とうしんだい》のシロクマやペンギンのぬいぐるみたちが、通《とお》りすぎる人《ひと》たちに手《て》をふっています。

テントの近《ちか》くには、小《ちい》さなスケート・リンクがあります。エルフのかっこうをした男《おとこ》の子《こ》や女《おんな》の子《こ》たちが、スケートをはいてすべりまわっています。

きれいにつつまれたプレゼントを手《て》にもっている子《こ》もいれば、くるくるまわったり、演技《えんぎ》をしている子《こ》もいます。

キラキラとかがやく氷《こおり》でできた小《ちい》さな橋《はし》が、サンタクロースのほら穴《あな》へとつづいています。

「かわいくない?」

レイチェルは、もっとよく見《み》るために近《ちか》づきながらいいました。

サンタさんに会《あ》おうと、子《こ》どもたちが長《なが》い列《れつ》を作《つく》っています。

レイチェルとカーステイは橋《はし》の近《ちか》くに立《た》ち止《ど》まり、スケートをしているエルフたちをながめました。

すると、ほら穴《あな》から女《おんな》の子《こ》がママのところへと走《はし》りだしてきました。

なんだかこまったような顔《かお》をしていて、彼女《かのじょ》の言葉《ことば》がカースティとレイチェルのところにまで聞《き》こえてきました。

「どうだった？　楽《たの》しかった？」

女《おんな》の子《こ》のママがたずねます。

「うん、サンタさんのそりはすごくきれいでピカピカだったよ」

女《おんな》の子《こ》は息《いき》をきらしながらいいました。

「あと、トナカイさんもふわふわですごくやさしかったの。でも、サンタさんはちょっとこわかったの！」

女《おんな》の子《こ》は、いまにもなきだしそうな顔《かお》でぎゅっとくちびるをかみしめています。

「たくさんあるのに、プレゼントをあたしにくれなかったの。それに、つめたくってとげとげなんだよ!」

レイチェルの耳《みみ》が、一気《いっき》にピンとたちました。

そんなサンタクロース、聞《き》いたことがありません。

しかし、よく似《に》ただれかさんなら知《し》っています……。

こわくてうそつきで、ずるがしこいだれかさんです。

レイチェルは、きっと、それはジャック・フロストにちがいないと思《おも》いました!

3.

にせものサンタだ!

「カースティ！」

レイチェルはいいました。

ぎゅっとカースティをひっぱって耳《みみ》うちしたので、ほかのだれにもふたりの話《はな》していることは聞《き》こえません。

「カースティもホリーも、いまの聞《き》いた？　きっとあの中《なか》に、サンタさんのふりをしたジャック・フロストがいるのよ！」

カースティがレイチェルを見《み》つめました。

「きっと、レイチェルのいうとおりだわ！」

と、はっとした顔《かお》をしています。

「うん」

ホリーが高《たか》い声《こえ》でいいました。

「調《しら》べてみたほうがいいわね」

「どうやってテントの中《なか》に入《はい》ればいいんだろう?」

レイチェルがいいました。

「列《れつ》にならんだら、いつまでたっても入《はい》れそうにないわよ」

「そうね」

カースティがいいました。

「うらのほうにまわって、入《はい》れないか調《しら》べてみよう」

ふたりは、だれかに見《み》つかって止《と》められたりしないように、きょろきょろと見《み》まわしながらテントのうらにまわりました。

けれど、テントはぴったりとはられていて、めくりあげて下《した》から入《はい》ることはできそうにありません。

「あたしにまかせて！」

ホリーがささやきました。

そして杖《つえ》をふり、赤《あか》いフェアリーダストをテントのはしっこにまきちらせました。

すぐにロープがゆるみ、テントがその部分《ぶぶん》だけぱらりとめくれあがりました。

「ありがとう、ホリー！」

レイチェルがいいました。

「カースティ、いきましょう」

ふたりは息《いき》をひそめてまわりをうかがいながら、テントのすそからこっそりと中《なか》に入《はい》りこみました。

中《なか》には、氷《こおり》におおわれた岩《いわ》がたくさんころがっています。

レイチェル、カースティ、ホリーの三人《さんにん》は、岩《いわ》のかげにかくれてあたりを見《み》まわしました。

ほら穴《あな》の中《なか》は、魔法《まほう》のような虹色《にじいろ》のランプで、ぼんやりと照《て》らされていました。

キラキラ光《ひか》るつららが天井《てんじょう》からさがっていて、部屋《へや》のかたすみには、銀色《ぎんいろ》のかざりと、いろんな色《いろ》のライトでかざられた大《おお》きなクリスマス・ツリーがたっています。

カースティはぶるぶるとふるえました。

テントの中《なか》は、ほんとうにさむいのです。

「ここ、すごくさむい」

カースティが小声《こごえ》でいいました。

「きっとジャック・フロストが近《ちか》くにいるんだわ」

彼女《かのじょ》のいうとおりでした。

部屋《へや》のまん中《なか》におかれたうつくしくかがやくそりには、どっさりとプレゼントがつまれており、八頭《はっとう》のトナカイたちとジャック・フロストがそこにいたのです！

彼《かれ》の前《まえ》には、びりびりとやぶいたつつみ

紙《がみ》がたくさんころがっていますが、まだ新《あたら》しいプレゼントをあけようとしているところです。

赤《あか》いサンタの洋服《ようふく》と、白《しろ》くて大《おお》きなにせもののヒゲをつけています。

しかしそれでも、つめたくとげとげした姿《すがた》はかくせません。

「もうひとつもってこい!」

ジャック・フロストは、たったいまあけたばかりの『ヘビとはしご』ゲームをよこにほうりだして、大声《おおごえ》でどなりました。

手下《てした》のゴブリンたちが、ほら穴《あな》のあちこちから大《おお》いそぎでやってきます。

みんなはプレゼントの箱《はこ》をかかえて、ジャック・フロストがさしだした手《て》にそれをわたしていきます。

レイチェルとカースティは、かくれている場所《ばしょ》の前《まえ》をゴブリンが通《とお》っていくのを、息《いき》をころして見《み》ていました。

そのとき、カースティがなにかを見《み》つけました。

「見《み》て！」

カースティがそりを指《ゆび》さしてささやきます。

「特別《とくべつ》なプレゼントだ！」

そりのうしろにつんであるプレゼントたちの上《うえ》に、金色《きんいろ》にかがやくつつみ紙《がみ》にくるまれたプレゼントがおかれています。

「ほんとうだわ」

ホリーがこうふんした声《こえ》でささやきます。

「三《みっ》つめも、そりのどこかにあるはずだわ。もうジャック・フロストにあけられちゃったようには見《み》えないもの」

「でも、ジャック・フロストとゴブリンに見《み》つからずにとり返《かえ》すには、どうしたらいいんだろう?」

レイチェルが不安《ふあん》そうにいいました。

「岩《いわ》にかくれたまま、見《み》つからずにそりのうしろまではいけそうよ」

カースティがいいました。

「そこからは、あたしがおてつだいしてあげる」

ホリーがこうふんしたようにいいました。

「ジャック・フロストとゴブリンたちの目《め》をひきつけるわ」

「いったいどうやるつもり？」

カースティがたずねました。

「ジャック・フロストがあけるプレゼントの中《なか》に、魔法《まほう》で移動《いどう》するの」

ホリーが答《こた》えます。

「きっとびっくりするはずよ！」

「すごいアイデアね」

レイチェルがいいました。

「さて、じゃあそりのうしろにまわるわよ。それで、ホリーが気《き》をそらして

くれているうちに、カースティがプレゼントをとりもどすの。そのあいだに、わたしは魔法《まほう》の冠《かんむり》をジャック・フロストの頭《あたま》にかぶせちゃうから」

「わかったわ。いきましょう」

カースティがささやきました。

ホリーがうなずきます。

彼女《かのじょ》は杖《つえ》を頭《あたま》の上《うえ》でふると、ぱっと消《き》えてしまいました。

レイチェルとカースティは四《よ》つんばいになって、見《み》つからないように岩《いわ》のうらがわからそりにしのびよっていきます。

ジャック・フロストはプレゼントをあけるのにいそがしくて、ふたりには気《き》がつきません。

ついていることに、ゴブリンたちも主人《しゅじん》を満足《まんぞく》させようとあたふたかけまわっていて、こちらには気《き》がつかないようです。

ふたりとも心臓《しんぞう》をドキドキさせながら、そりに近《ちか》づきました。

特別《とくべつ》なプレゼントはもうすぐそこで、カースティが手《て》をのばせばとどきそうです。

「とりあえず、ホリーがどうにかしてくれるのをまちましょう」

レイチェルがひそひそ声《ごえ》でいいました。

ジャック・フロストが、また新《あたら》しいプレゼントのつつみ紙《がみ》をやぶります。

「あきてきたぞ」

彼《かれ》がつめたくぼやきました。

「なんでこうも、つまらんプレゼントばかりなんだ?」

そういってゆかにつつみ紙《かみ》をなげ捨《す》てると、かわいらしい木《き》の箱《はこ》をとりだしました。

「中《なか》になにが入《はい》っているのだろう?」

ジャック・フロストがつぶやきます。

すると、箱《はこ》のふたがいきなり開《ひら》きました。

ヒイラギの実《み》とフェアリーダストがまいあがって、ホリーが飛《と》びだしてくると、ジャック・フロストとゴブリンたちはゴホゴホとせきをして、すっかりとりみだしてしまいました。

「いまよ！」

カースティは、ジャック・フロストとゴブリンたちが、ホリーを見《み》てびっくりぎょうてんしているのを見《み》ると、レイチェルにいいました。

レイチェルがうなずくと、ふたりはさっとジャック・フロストのほうに近《ちか》づきました。

4.

にげろ!

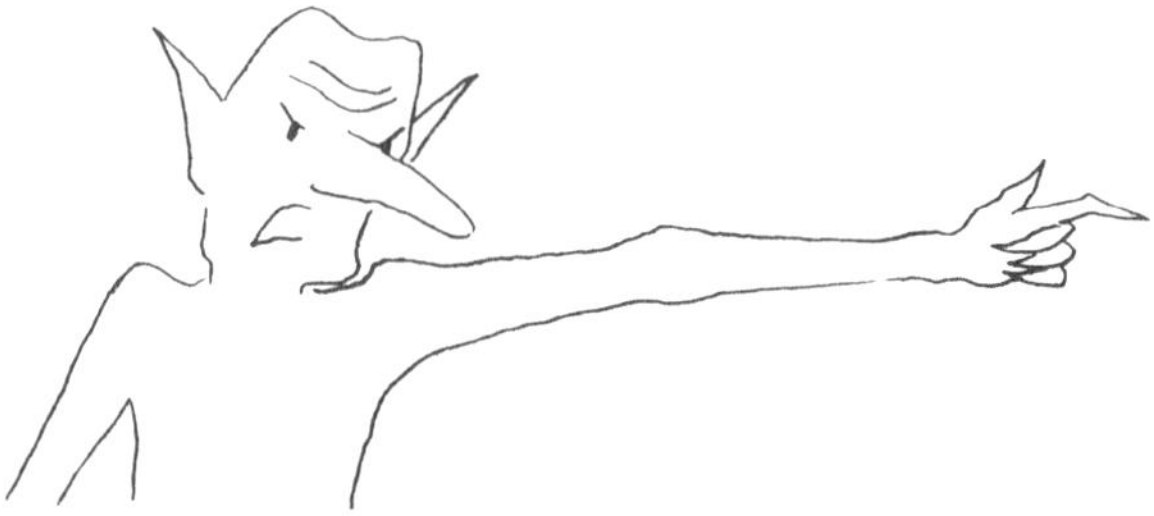

カースティが特別《とくべつ》なプレゼントへと手《て》をのばします。

レイチェルはポケットから冠《かんむり》をひっぱりだすと立《た》ちあがり、にせものサンタの頭《あたま》にのせようとかまえます。

「いったいどうしたのだ?」

ジャック・フロストは、フェアリーダストの入《はい》った目《め》をこすりながらさけびました。

「また、あのいまいましいクリスマスの妖精《フェアリー》のしわざか!　つかまえろ!」

もうカースティの手《て》はプレゼントにとどいているし、レイチェルは冠《かんむり》をもってそりの上《うえ》に身《み》をのりだしています。

しかしそのとき、一匹《いっぴき》のゴブリンがレイチェルを見《み》つけてしまいました。

「あれを見《み》ろ!」

ゴブリンは金切《かなき》り声《ごえ》をあげてごつごつした指《ゆび》でレイチェルをさしています。

ジャック・フロストがくるりとふりむきました。

つめたくきびしい目《め》がレイチェルにむけられると、彼女《かのじょ》はぶるぶるとふるえてしまいました。

ジャック・フロストがさっと杖《つえ》をふると、すぐにトナカイたちがそりをひっぱって走《はし》りだしました。

さいわいなことに、カースティはプレゼントのリボンをまだにぎりしめています。

そりがすすんでいくと、プレゼントは荷台《にだい》から落《お》ちて、彼女《かのじょ》のうでの中《なか》に入《はい》りました。

「あの妖精《フェアリー》をつかまえるんだ!」

ジャック・フロストは、トナカイにひっぱられてテントの出口《でぐち》へと走《はし》って

いくそりの上《うえ》から、手下《てした》のゴブリンたちにさけびました。

「そして、あのうっとうしい子《こ》どもたちもだ！」

「カースティ！　レイチェル！」

まいあがってゴブリンたちからにげてきたホリーが、大声《おおごえ》でよびました。

「はやくここからでなくちゃ！」

トナカイたちはテントから走《はし》りでると、買《か》いもの客《きゃく》たちの上《うえ》へと飛《と》びたちました。

そりが頭《あたま》の上《うえ》を飛《と》んでいくのを、みんなはびっくりして見《み》あげました。

だれもが息《いき》をのみましたが、すぐに拍手《はくしゅ》と歓声《かんせい》がわきおこりました。

みんなそれが、クリスマスのマジックショーだと思《おも》ったのです。

そりはショッピング・センターの中《なか》をかけぬけると、大《おお》きな両開《りょうびら》きのドアから出《で》ていきました。

そのころゴブリンたちは、レイチェルとカースティをテントのすみっこへとおいつめているところです。

「もうにげられないぞ！」

一匹《いっぴき》のゴブリンがひくい声《こえ》でいいました。

「あきらめろ！」

もう一匹《いっぴき》のゴブリンがさけびます。

カースティとレイチェルは、こわくてたまりません。

「わたしが合図《あいず》したら、二手《ふたて》にわかれて走《はし》るわよ！」

レイチェルが小声《こごえ》でいいました。

レイチェルはもっとゴブリンが近《ちか》づいてくるのをまつと、さけびました。

「いまよ!」

レイチェルとカースティは、ぱっとそれぞれ逆《ぎゃく》の方向《ほうこう》をむくと、全速力《ぜんそくりょく》で走《はし》りだしました。

ゴブリンたちはふたりをおいかけようとしましたが、ドジな二匹《にひき》はおたがいにぶつかりあって、さけびながらおしあいへしあいしはじめました。

ドタバタしているあいだに、レイチェルとカースティは、ふたりとも入《い》り口《ぐち》のほうへとむかいました。

先《さき》についたのはカースティです。レイチェルもほとんど出口《でぐち》に近《ちか》づいているのですが、すぐうしろにゴブリンがせまっています。

カースティがテントをぬけだすと同時《どうじ》に、ついにゴブリンがレイチェルをつかまえようと手《て》をのばしました！

5. 大脱走
だい だっ そう

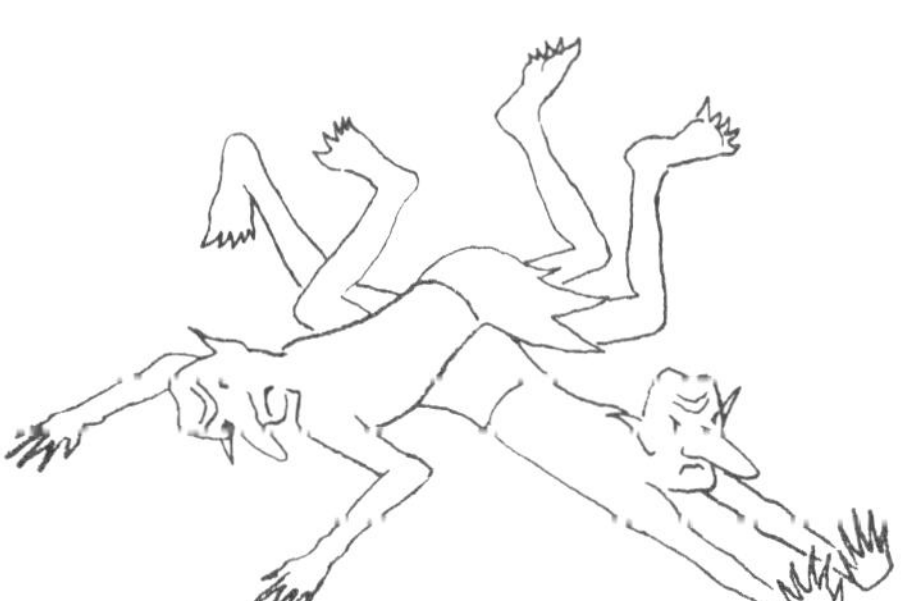

レイチェルをつかまえようとしたゴブリンは、しっぱいすると、すぐうしろにいたゴブリンと重《かさ》なりあうようにしてころんでしまいました。

レイチェルとカースティは、ほら穴《あな》からにげだしましたが、ゴブリンがおいかけてきていることはわかっています。

ふたりにはほとんど時間《じかん》がありません。

「カースティ、いそいで！」

レイチェルがさけびます。

「テントのうらのロープよ。あれをひきぬいちゃいましょう！」

カースティも、レイチェルがなにをいっているのかすぐにわかりました。

ふたりはロープをにぎりしめると、思《おも》いっきりひっぱりました。

きしむような音《おと》がしたかと思《おも》うと、ロープがゆるみました。

大《おお》きな白《しろ》いテントが少《すこ》しゆれると地面《じめん》にたおれ、重《おも》い布《ぬの》でゴブリンたちを閉《と》じこめてしまいました。

「やったわ！」

カースティがわらいました。

「えらいわ、レイチェル。すごい作戦《さくせん》よ！」

「うん、でもゴブリンたちがぬけだしちゃう前《まえ》にここからにげなくちゃ」

レイチェルが小声《こごえ》でいいました。

「もう、ママとのまちあわせまで時間《じかん》もないし」

「ホリーはどこ？」

カースティは、きょろきょろしながらいいました。

「ここにいるわ！」

小《ちい》さなキラキラとした声《こえ》がすると、ホリーがカースティの肩《かた》へと飛《と》んできました。

買《か》いもの客《きゃく》たちは、たおれたテントに気《き》をとられていて、小《ちい》さな妖精《フェアリー》にはまったく気《き》がつきません。

「だいじょうぶだった？」

レイチェルが心配《しんぱい》そうにいいました。

「あたしならだいじょうぶ」

ホリーがほほえみました。

「ふたつめのプレゼントをとりもどしてくれてありがとう。王様《おうさま》も女王様《じょおうさま》も、きっとよろこんでくださるわ!」

カースティがプレゼントをさしだすと、ホリーはその上《うえ》で杖《つえ》をふりました。

フェアリーダストがまわりをとりかこむと、プレゼントはさっと姿《すがた》を消《け》して、フェアリーランドへと帰《かえ》っていきました。

「もうちょっとで冠《かんむり》をジャック・フロストにかぶせられたのに!」

レイチェルは、冠《かんむり》をポケットにもどしながらため息《いき》をつきました。

「またにげられちゃった。どこにいっちゃったんだろう」

「わかるわ、あそこよ！」

ホリーはこうふんしたようにいいました。

「あなたたちがゴブリンからにげるあいだに、あたし、そりをおいかけてトナカイの友《とも》だちに聞《き》いたのよ」

「なんていってた?」

レイチェルが体《からだ》をのりだしてたずねました。

「ジャック・フロストは、あたしたちが人間《にんげん》の世界《せかい》で探《さが》しつづけているせいでイライラしてるんだって」

ホリーがいいました。

「それで、サンタクロースのプレゼントを、だれにも邪魔《じゃま》されないしずかなところであけちゃいたいんだって。だから、まっすぐ自分《じぶん》の氷《こおり》のお城《しろ》につれていくようにトナカイにいったらしいわ」

「氷《こおり》のお城《しろ》!」

カースティが目《め》を見開《みひら》きました。

「そこに、ジャック・フロストが住《す》んでるの?」

ホリーがうなずきました。

「ホリー、どこにあるのか知《し》ってる？」

レイチェルがたずねました。

「うん」

ホリーが答《こた》えました。

「さむくてこわいところよ。でも、もしまだ力《ちから》をかしてくれるのなら、明日《あした》つれていってあげるわ」

「もちろんよ！」

カースティとレイチェルは声《こえ》をそろえていいました。

ホリーはふたりにほほえみました。

「じゃああたし、ちょっといまからフェアリーランドにもどって、王様《おうさま》と女王様《じょおうさま》に報告《ほうこく》してくるわ」

ホリーがつづけていいました。

「このショッピング・センターからでるの、てつだってくれる?」

「よろこんで」

カースティがほほえみながらいいました。

ホリーをカースティのスカーフの下《した》にかくしながら、ふたりはしずかに駐車場《ちゅうしゃじょう》へとつづくドアへと歩《ある》きました。

ホリーは、だれも見《み》ていないところでスカーフの下《した》からでてくると、ふたりに手《て》をふって空《そら》へとまいあがっていきました。

ふたりは、その姿《すがた》がすっかり見《み》えなくなるまでずっと見送《みおく》っていました。

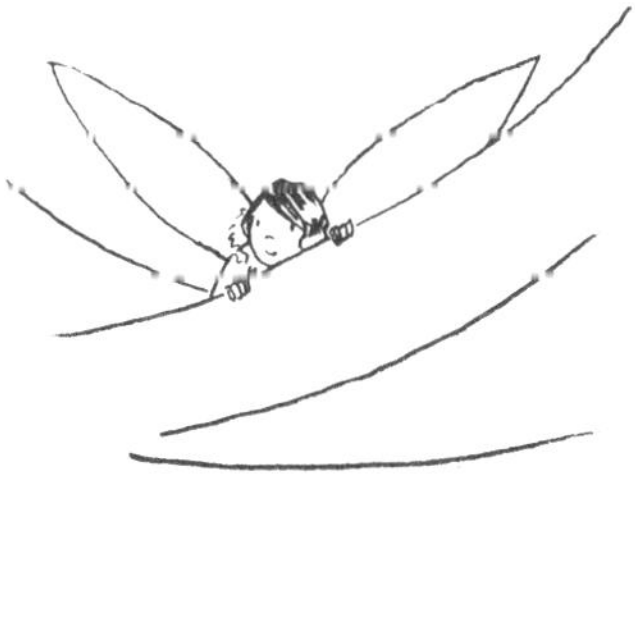

それからふたりは、大《おお》いそぎでショッピング・センターの中《なか》へとひき返《かえ》すと、ママとまちあわせをしているガラスのエレベーターをめざしました。

ママは、両手《りょうて》にすてきな買《か》いものぶくろをさげて、もうふたりをまっていました。

「ここよ、おふたりさん」

ママがほほえみます。

「迷子《まいご》になったのかと思《おも》っちゃった！　ほしいものは見《み》つかった？」

「だいたいね！」

レイチェルが、さっとカースティを見《み》て答《こた》えました。

「そう。サンタさんのほら穴《あな》は見《み》た？」

ママは車《くるま》へと歩《ある》きながら話《はな》しつづけました。

「すごくきれいだっていう話《はなし》よ。こわれちゃったみたいだけど！　でも話《はなし》によると、サンタさんの機嫌《きげん》がわるくて、あんまりよくなかったみたいね」

レイチェルとカースティは、顔《かお》を見《み》あわせてほほえみました。

「たしかにそうだったわ！」

カースティがうなずきます。

「明日《あした》はなにがおこるんだろうね、レイチェル」

カースティは、ママが車《くるま》のカギをあけているあいだに、そっといいました。

「ジャック・フロストの氷《こおり》のお城《しろ》って、なんだかこわそう」

「そうだね」

レイチェルも小声《こごえ》で返事《へんじ》をしました。

「でも、妖精《フェアリー》たちのためにもがんばらなくっちゃね」

「ぜったいにね」

カースティが力強《ちからづよ》くいいました。

「サンタクロースのそりと、三《みっ》つめのプレゼントを見《み》つけださなくっちゃ」

「そして今度《こんど》は、魔法《まほう》の冠《かんむり》をジャック・フロストの頭《あたま》にかぶせるわよ!」

レイチェルがいいました。

ふたりは力強《ちからづよ》くほほえみをかわすと、車《くるま》にのりこみました。

すごく楽《たの》しみでドキドキしますが、少《すこ》し不安《ふあん》です。

明日《あした》はいったいなにがおこるのでしょう!

第《だい》3章《しょう》

クリスマスまであと一《いち》日《にち》

1.

冬《ふゆ》のワンダーランド

レイチェルは目《め》をあけると、あくびをひとつしました。

ベッドにすわると、まだねむっているカースティを見《み》つめます。

「今夜《こんや》はクリスマス・イヴだわ！」

レイチェルはドキドキしながらひとりごとをいいました。

しかし、今日《きょう》じゅうにサンタクロースのそりを見《み》つけてプレゼントをぜんぶ返《かえ》さないと、すてきなクリスマスにはなりません。

そうしないと、ジャック・フロストになにもかも台《だい》なしにされてしまうのです。

レイチェルはふとんをはねのけると、ぶるぶるとふるえました。

ヒーターはついていますが、まだまだ空気《くうき》はつめたいのです。

彼女《かのじょ》は窓《まど》のそばにいくと、外《そと》を見《み》てみました。

「わあ！」

レイチェルは思《おも》わず息《いき》をのみました。

夜《よる》のあいだにすっかり雪《ゆき》がつもり、木《き》も芝生《しばふ》も花《か》だんも、なにからなにまできらめく白《しろ》い雪《ゆき》におおわれてしまっていたのです。

「どうしたの?」

カースティが、あくびをしながらいいました。

「ごめん、おこしちゃった?」

レイチェルがたずねました。

「雪《ゆき》がつもっていたからおどろいちゃった」

「雪《ゆき》がつもってるの!?」

カースティは顔《かお》をかがやかせました。

ベッドから飛《と》びだすと、レイチェルのとなりにかけよってきます。

ふたりは霜《しも》のおりた窓《まど》から外《そと》を見《み》おろしました。

「どうやらホワイト・クリスマスになりそうね」

レイチェルがほほえみました。

「これまでで最高《さいこう》のクリスマスになるわ」

カースティがうなずきます。

「ジャック・フロストの氷《こおり》のお城《しろ》から、ぶじにもどってこられたならね……」

「こわい？」

レイチェルがたずねました。

「ちょっとね」

カースティが答《こた》えました。

「でもあきらめないわ。そうでしょ？」

「もちろん！」

レイチェルがわらいました。

「さあ。着《き》がえて朝《あさ》ごはんを食《た》べちゃおう。外《そと》にでるのはそれから」

ふたりはいそいで下《した》におりると、スクランブル・エッグとトーストを食《た》べました。

それからコートとブーツを身《み》につけると、庭《にわ》に走《はし》りでました。

やわらかい雪《ゆき》に足《あし》がうまり、庭《にわ》に足《あし》あとをつけていきます。

また雪《ゆき》がふりだしていて、まわりには、かわいらしい雪《ゆき》のつぶがまっています。

カースティは、雪《ゆき》を丸《まる》めて雪玉《ゆきだま》を作《つく》りました。

「雪合戦《ゆきがっせん》しよう！」

彼女《かのじょ》はわらうと、それをレイチェルになげつけました。

わらいながらレイチェルは体《からだ》をかがめましたが、雪玉《ゆきだま》は彼女《かのじょ》にとどく前《まえ》に花火《はなび》みたいにはじけてしまいました。

キラキラとかがやきながら、小《ちい》さな赤《あか》い氷《こおり》がとびちりました。

カースティとレイチェルがびっくりして見《み》つめている目《め》の前《まえ》で、雪玉《ゆきだま》からホリーが飛《と》びだしてきました。

「あたしはここよ！」

ホリーはそうさけぶと、洋服《ようふく》についた雪《ゆき》をはらい落《お》としました。

「ふたりとも、じゅんびはいい？　ジャック・フロストの氷《こおり》のお城《しろ》にいくわよ！」

2.

氷《こおり》のお城《しろ》

「いつでもいけるわよ！」

カースティが力強《ちからづよ》くいいました。

カースティもうなずくと、ポケットを探《さぐ》って魔法《まほう》の冠《かんむり》があるのをたしかめました。

ホリーが杖《つえ》をさっとふります。

ベリーのように赤《あか》いフェアリーダストがふりかかると、ふたりの体《からだ》が小《ちい》さくちぢみはじめました。

すぐにふたりは、背中《せなか》にうすい羽《はね》のついた妖精《フェアリー》の体《からだ》になっていました。

ホリーが空《そら》にまいあがると、ふたりもそれをおいかけました。

「じゃあいくわよ！」

ホリーがそういって、また杖《つえ》をふります。

雪《ゆき》はずいぶん強《つよ》くふっていて、落《お》ちてくる雪《ゆき》のつぶがくるくるとみんなのまわりをおどりはじめます。

やがて、すっかりなにも見《み》えなくなってしまいました。

しばらくすると、雪《ゆき》あらしは、はじまったときとおなじくらいさっと消《き》えていきました。

レイチェルとカースティは、思《おも》わずおどろいてしまいました。

もうそこは、レイチェルの家《いえ》のうら庭《にわ》ではなかったのです。

みんなはいつの間《ま》にか木《き》の枝《えだ》にすわって、ジャック・フロストの氷《こおり》のお城《しろ》を見《み》あげていたのでした。

お城《しろ》はどんよりとくもったはい色《いろ》の冬空《ふゆぞら》の下《した》、高《たか》い丘《おか》の上《うえ》にそびえたっていました。

ぶあつい氷《こおり》でできたお城《しろ》には、つめたい青《あお》をした小《ちい》さな塔《とう》がついたタワーが四本《よんほん》たっています。

氷《こおり》はまるでダイヤモンドのように光《ひか》りかがやいていますが、つめたく、こわい感《かん》じがただよっていました。

「気《き》をつけて」

二匹《にひき》のゴブリンたちが木《き》の下《した》を通《とお》っていくのを見《み》て、ホリーが小声《こごえ》でいいました。

「あちこちにゴブリンがいるわ。正面《しょうめん》の門《もん》からはぜったいに入《はい》れないわね」

「かべにあいている見《み》はり穴《あな》から入《はい》れるんじゃないかなあ」

レイチェルが見《み》あげながらいいました。

「いい考《かんが》えね」

ホリーが答《こた》えます。

「ついてきて」

ふたりは、つめたい青《あお》をした小《ちい》さな塔《とう》のひとつへと飛《と》んでいくホリーをおいかけました。

「いったとおりでしょ？」

ホリーがさっとたずねました。

レイチェルとホリーがお城《しろ》を見《み》おろします。

ホリーのいうとおりです。

どのドアにも、ゴブリンの衛兵《えいへい》が立《た》っています。

「あいている窓《まど》を探《さが》しましょう」

レイチェルがささやきました。

ホリーがうなずきます。

「ばらばらに探《さが》してみましょう。何分《なんぷん》かたってから、またここにもどってきて」

みんなはそれぞれ、ばらばらの方向《ほうこう》へと飛《と》んでいきました。

カースティは、塔《とう》のてっぺんをひとつひとつ見《み》ていきます。

窓《まど》がたくさんありますが、どれもこれもカギがかかっています。

カースティは、レイチェルとホリーのところへもどっていきました。

レイチェルは、もうもどってきていました。

「こっちはだめだったわ」

レイチェルがため息《いき》をつきました。

「そっちは?」

カースティはかなしげに首《くび》をよこにふりました。

そのとき、ホリーがふたりのところにまいおりてきました。

「おそかったわね」

カースティがいいました。

「ゴブリンに見《み》つかりそうでかくれていたの」

ホリーがいいました。

「見《み》はり窓《まど》のところを歩《ある》きまわって警備《けいび》していたのよ」

「あいている窓《まど》はひとつもなかったわ」

レイチェルがいいました。

「そっちはどうだった?」

ホリーが首《くび》をよこにふりました。

「こっちも。でもほかの入《い》り口《ぐち》を見《み》つけたわ！」

彼女《かのじょ》がわらいます。

「ついてきて！」

ホリーは見《み》はり塔《とう》の上《うえ》へとふたりをつれていくと、こおったゆかを指《ゆび》さしました。

「見《み》て！」

ホリーがいいました。

「ゆかにドアがあるわ！」

カースティがはっとしました。

ホリーがうなずきます。

「ゴブリンからかくれているとき、ゴブリンがこのドアをもちあげてお城《しろ》に入《はい》っていくのを見《み》たの。中《なか》からカギをかけたようすはなかったわ」

みんなは、ゴブリンがまわりにいないのをたしかめると、ドアへとまいおりました。

氷《こおり》の板《いた》でできたドアには、鉄《てつ》の輪《わ》がついています。

「すごく重《おも》そう」

レイチェルが顔《かお》をしかめました。

「心配《しんぱい》ないわ」

ホリーがほほえみました。

さっと杖《つえ》をふると、フェアリーダストがつむじ風《かぜ》のようにまきおこり、ドアがさっと開《ひら》きました。

そして、お城《しろ》の中《なか》へとおりていく氷《こおり》の階段《かいだん》が姿《すがた》をあらわしました。

さむさでふるえながら、レイチェル、カースティ、ホリーの三人《さんにん》は、中《なか》へと飛《と》んでいきました。

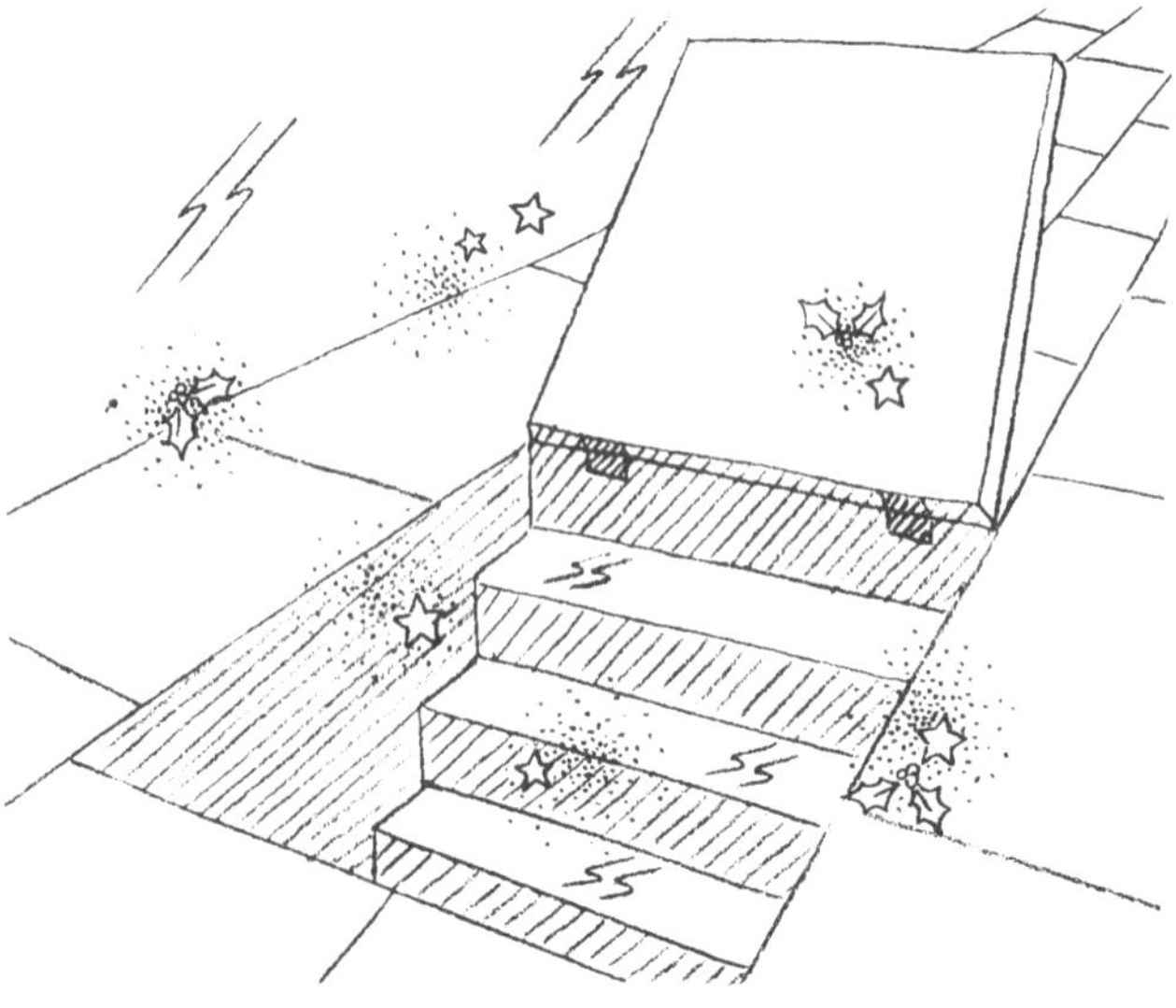

「すぐにサンタのそりを探《さが》さなくっちゃ」

ホリーがふたりにささやきました。

「そりと八頭《はっとう》のトナカイ、そうかんたんにかくせるものじゃないわ！」

レイチェルがじっくり考《かんが》えながらいいました。

「もしかしたら馬小屋《うまごや》にあるのかも」

カースティがいいました。

「いいわね。そこからはじめましょうか」

ホリーがいいました。

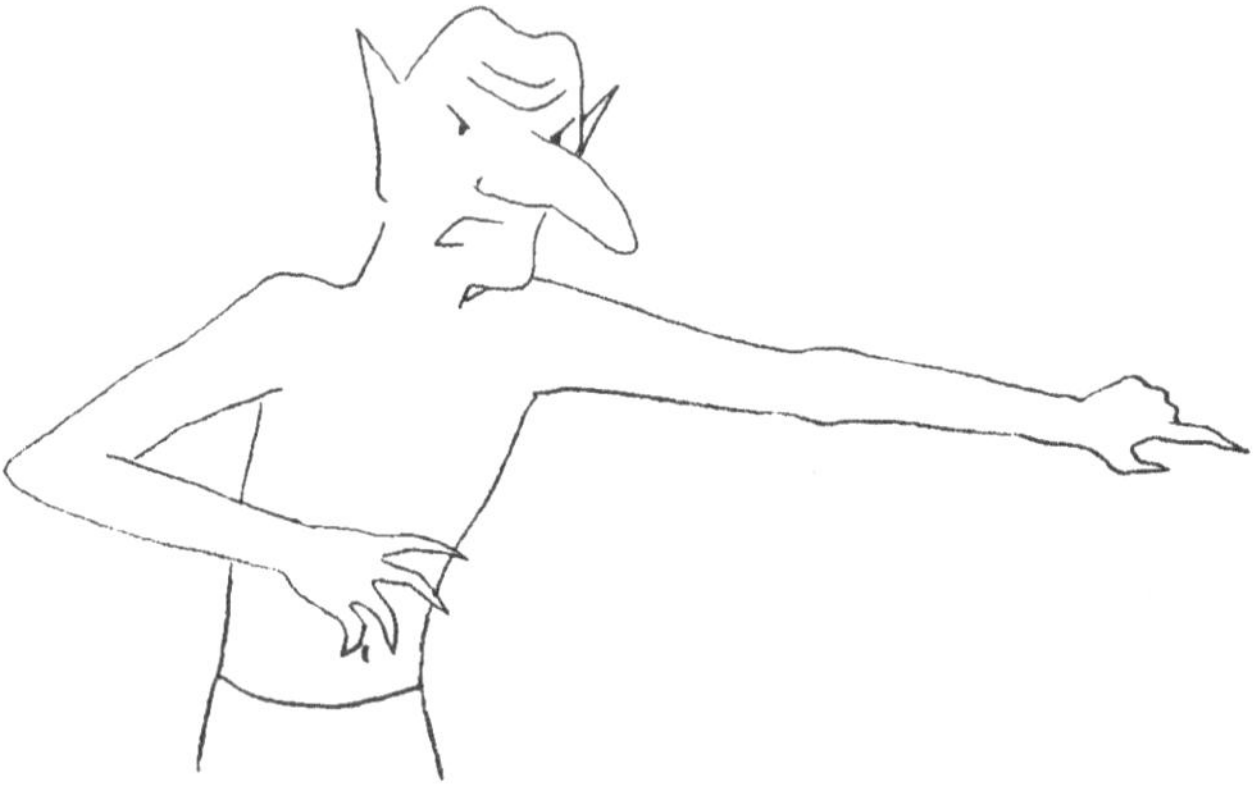

「でもゴブリンたちに見《み》つからないように、じゅうぶん気《き》をつけてね！」

みんなは、一階《いっかい》へとぐるぐる曲《ま》がりくねってつづく階段《かいだん》を飛《と》びながらおりていきました。

しかし、階段《かいだん》の角《かど》にさしかかったとき、ちょうど下《した》からのぼってきたゴブリンにでくわしてしまったのです。

「妖精《フェアリー》だ！」

ゴブリンはおそろしい声《こえ》でどなりました。

「いったいここでなにしてやがるんだ！」

そういいながらホリーをつかもうとしましたが、ホリーはさっとそれをかわしました。

「だれかきてくれ！　妖精《フェアリー》たちがいるぞ！」

ホリー、レイチェル、カースティの三人《さんにん》は、くるりとむきをかえると、階段《かいだん》の上《うえ》のほうへとひき返《かえ》しました。

けれども、次《つぎ》の角《かど》にさしかかると、たくさんの足音《あしおと》がばたばた近《ちか》づいてくるのが聞《き》こえたのです。

見《み》ると、六匹《ろっぴき》のゴブリンたちが、三人《さんにん》のほうにむかってきているではありませんか！

3.

つかまった!

みんなはなんとかにげだそうとしましたが、もうすっかりかこまれてしまっていました。

ホリーとレイチェルは、すぐにつかまってしまいました。

カースティはゴブリンの上《うえ》を飛《と》びこしてにげようとしたのですが、一匹《いっぴき》がもう一匹《いっぴき》の肩《かた》に飛《と》びあがって、彼女《かのじょ》の足首《あしくび》をつかまえてしまいました。

ゴブリンは楽《たの》しそうにニヤニヤわらっています。

「つかまえちゃったもんね！」

ゴブリンたちが満足《まんぞく》げにわらいます。

「ジャック・フロストも、きっとほめてくださるはずさ！」

ゴブリンたちは三人《さんにん》をひきつれてお城《しろ》の中《なか》を歩《ある》くと、大広間《おおひろま》へとつれていきました。

かがやく氷《こおり》をほって作《つく》られた、ものすごく大《おお》きな部屋《へや》です。

部屋《へや》のはしっこのほうに、ジャック・フロストの玉座《ぎょくざ》がおいてあります。

キラキラ光《ひか》るつららがからみあった、とてもりっぱな玉座《ぎょくざ》です。

しかし、ジャック・フロストは玉座《ぎょくざ》にはすわっていませんでした。

なんと、サンタのそりの中《なか》にいたのです!

トナカイたちはまだたづなにつながれたままで、ほし草《くさ》を食《た》べています。

ジャック・フロストは、まだプレゼントをあけています。

ゆかの上《うえ》には、やぶかれたつつみ紙《がみ》やリボンがちらばっています。

レイチェル、ホリー、カースティの三人《さんにん》は、ジャック・フロストのほうへとゴブリンに背中《せなか》をおされると、ぶるぶるふるえてしまいました。

「これを見《み》てくださいよ!」

ゴブリンの一匹《いっぴき》が、かちほこったようにいいました。

ジャック・フロストがみんなのほうをむきました。

「またおまえらか！」

うなるようにそういうと、つめたくこおりついたようなひとみで、みんなをながめまわします。

「いつもいつもわしの楽《たの》しみを邪魔《じゃま》しおって！」

ジャック・フロストがこぶしをふりまわします。

レイチェルは、彼《かれ》が片手《かたて》でもっているプレゼントを見《み》て、おどろかずにはいられません

でした。

まだ、あけてはいません。まだかわいらしい金色《きんいろ》のつつみ紙《がみ》にくるまれていて、虹《にじ》色《いろ》のリボンがかかっています。

あれは王様《おうさま》と女王様《じょおうさま》に見《み》つけてほしいとたのまれた、三《みっ》つめの特別《とくべつ》なプレゼントではありませんか！

レイチェルは、カースティとホリーのほうをちらりと見《み》ました。

ふたりともプレゼントに気《き》づいているようです。

けれど、いったいどうすればジャック・フロストを止《と》めることができるのでしょう?

カースティも、レイチェルとおなじことを考《かんが》えていました。

そして、ゆかに落《お》ちているたくさんのつつみ紙《がみ》を見《み》つめながら、とつぜんひらめきました。

「さあ、いったいどうしてやろうか？」

ジャック・フロストは、長《なが》く細《ほそ》い指先《ゆびさき》でプレゼントをトントンとたたきながらつぶやきました。

「深《ふか》い深《ふか》い氷《こおり》の地下牢《ちかろう》に、百年間《ひゃくねんかん》も閉《と》じこめてやろうか！」

「レイチェル」

カースティがささやきます。

「考《かんが》えがあるの。少《すこ》しでいいから、ジャック・フロストとゴブリンの目《め》をひきつけられない？」

レイチェルはふしぎそうにカースティを見《み》つめると、うなずきました。

「わかったわ」

レイチェルがささやき返《かえ》します。

「ご主人様《しゅじんさま》、こいつらを地下牢《ちかろう》につれていきましょうか？」

一匹《いっぴき》のゴブリンがたずねます。

「もう少《すこ》し考《かんが》えさせろ」

ジャック・フロストがぴしゃりといいました。

「とにかく、このプレゼントをあけるまでしずかにしているんだぞ」

彼《かれ》はプレゼントをもちあげてふりました。

「さあて、中《なか》にはなにが入《はい》っているのかな！」

ゴブリンたちは、中身《なかみ》を見《み》ようとじりじりと前《まえ》にでました。

レイチェルをつかんでいたゴブリンの手《て》が少《すこ》しゆるむと、彼女《かのじょ》はここぞとばかりに行動《こうどう》を開始《かいし》しました。

レイチェルはひらりとまいあがると、まっすぐにドアをめざします。

「あいつをつかまえるんだ！」

ジャック・フロストがどなりました。

ゴブリンたちは、口々《くちぐち》になにかをさけびながら、ぶつかりあうようにしてレイチェルの後《あと》をおいかけました。

それを見《み》たカースティはさっとかがみこむと、銀色《ぎんいろ》のつつみ紙《がみ》とむらさきのリボンをゆかから拾《ひろ》いあげました。

そして、ジャック・フロストがゴブリンたちに気《き》をとられているすきに、ポケットの中《なか》から魔法《まほう》の冠《かんむり》の入《はい》った金色《きんいろ》のバッグをとりだすと、すばやく銀色《ぎんいろ》のつつみ紙《がみ》でくるんでしまったのです。

プレゼントのまわりにリボンをかけます。

ホリーはふしぎそうな顔《かお》でそれを見《み》ています。

カースティがいったいなにをしているのかわからないのです！

ジャック・フロストは、ゴブリンたちがなかなかレイチェルをつかまえられないのを見《み》て、どんどん怒《おこ》ってきました。

ついにしびれをきらすと、さっと杖《つえ》をふり、あっという間《ま》にレイチェルの羽《はね》をこおりつかせてしまいました。

レイチェルは飛《と》べなくなると、二匹《にひき》のゴブリンの上《うえ》にどさりと落《お》ちてしまいました。

「いまだ！」

ジャック・フロストがさけぶと、ほかの二匹《にひき》がレイチェルの足《あし》をぎゅっとつかみました。

「このプレゼントをあけるぞ！」

「どうかまってください」

カースティが一歩《いっぽ》すすみでていいました。

「聞《き》いてほしいことがあるんです」

ジャック・フロストは、カースティをぎゅっとにらみつけました。

「さっさとしろ」

と、怒《おこ》ったようにいいました。

「どうか、わたしたちをゆるしてください」

カースティがいいました。

「わたしたちは、この特別《とくべつ》なプレゼントをとりもどすためだけにきたんです」

そういいながら、銀《ぎん》のつつみ紙《がみ》にくるまれた冠《かんむり》をさしだします。

「これは妖精《フェアリー》の王様《おうさま》のもの。とても大切《たいせつ》なものなんです。これを王様《おうさま》のところに、とどけさせてくださいませんか？」

カースティがもっているプレゼントを見《み》て、ジャック・フロストのひとみがきらりと光《ひか》りました。

「オベロン王《おう》へのプレゼントだと？」

ジャック・フロストがつぶやきます。

「そいつをわたせ！」

「けれど……」

カースティが口《くち》を開《ひら》きます。

「はやくしろ！」

ジャック・フロストがほえました。

一匹《いっぴき》のゴブリンが、カースティの背中《せなか》をおします。

ジャック・フロストは手《て》にもっていたプレゼントを落《お》とすと、カースティがもっているプレゼントをうばいとりました。

カースティは、ひっしにわらいをこらえました。

妖精《フェアリー》の王様《おうさま》へのプレゼントと聞《き》けば、ジャック・フロストががまんできなくなってしまうことは、すっかりお見通《みとお》しだったのです！

ジャック・フロストはリボンとつつみ紙《がみ》をやぶりとると、金色《きんいろ》のバッグをとりだしました。

「おおう！」

彼《かれ》がとてもうれしそうに声《こえ》をあげました。

「こいつは新《あたら》しい冠《かんむり》じゃないか！　わしがいただくぞ！」

ジャック・フロストは冠《かんむり》をかかげると、霜《しも》のように白《しろ》いかみの毛《け》の上《うえ》におろしました。

するとどうでしょう。

ジャック・フロストの姿《すがた》が、ぱっと消《き》えてしまったのです！

4.

魔法《まほう》の旅《たび》

ゴブリンは、びっくりした表情《ひょうじょう》でその場《ば》に立《た》ちすくみました。

ジャック・フロストになにがおこったのかわからず、もしかしたら次《つぎ》は自分《じぶん》の番《ばん》じゃないかと思《おも》ったのです！

ゴブリンたちは、大広間《おおひろま》の中《なか》をにげまわりました。

大《おお》きなつららのかげににげこんだり、ゆかのつつみ紙《がみ》の下《した》にかくれようとしたりしています。

「すごいわ、カースティ！」

ホリーがわらいました。

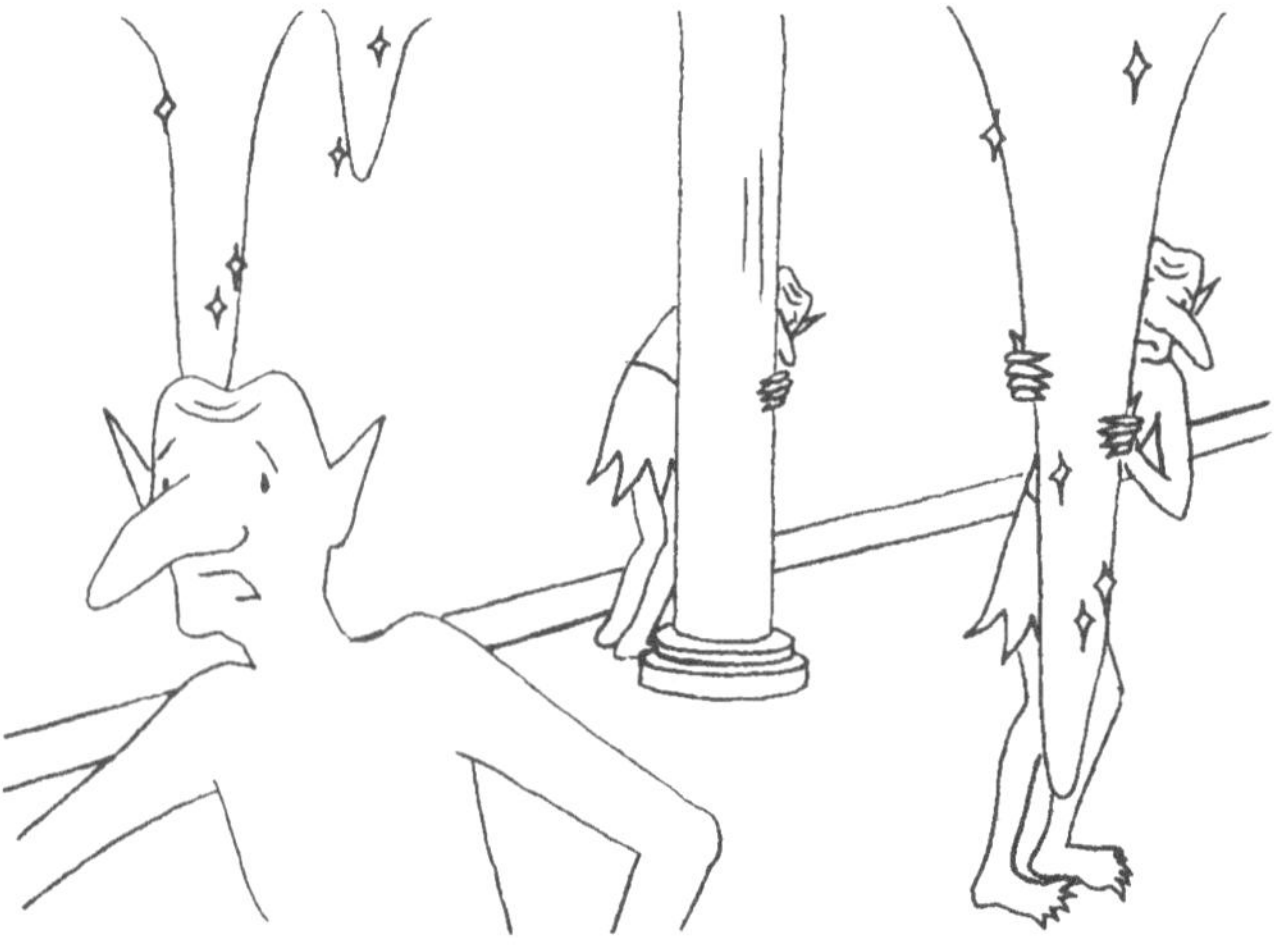

「ジャック・フロストは、王様《おうさま》と女王様《じょおうさま》のところに飛《と》んでいったわ」

レイチェルがうれしそうにさけびました。

そして魔法《まほう》のそりに飛《と》びのると、三《みっ》つめの特別《とくべつ》なプレゼントを拾《ひろ》いあげたのです。

「さあ、そうしたらわたしたちもここを脱出《だっしゅつ》するわよ！」

「でも、どうやってお城《しろ》の外《そと》にでればいいの？」

カースティがそりに飛《と》びのりながらいいました。

「心配《しんぱい》しないで」

ホリーが楽《たの》しそうにいいました。

「これ、魔法《まほう》のそりなんだから！」

ホリーは、一匹《いっぴき》のトナカイの頭《あたま》をポンとたたきました。

「さあ、サンタさんのところにつれていってちょうだい！」

トナカイはうれしそうに角《つの》をふると、大広間《おおひろま》を走《はし》りだしました。

そりがスピードをあげるのを見《み》て、ゴブリンたちはひかれないように飛《と》びのいていきます。

そりは空中《くうちゅう》にふわりとうきあがると、氷《こおり》の天井《てんじょう》へとのぼりはじめました。

「きゃあ！」

レイチェルが顔《かお》をこわばらせました。

「ぶつかっちゃう！」

けれど、そりが近《ちか》づくと、天井《てんじょう》は魔法《まほう》のようにとけてしまいました。

みんなをのせたそりは、お城《しろ》を飛《と》びだすと、雲《くも》の中《なか》へとまいあがっていきます。

トナカイたちは、ものすごいスピードで空《そら》を走《はし》っていきます。
景色《けしき》がぼやけ、風《かぜ》がびゅんびゅんすぎていきます。
「あそこがサンタクロースの工場《こうじょう》よ！」
ホリーが指《ゆび》さしました。
トナカイたちがスピードをゆるめると、そりは地面《じめん》へとゆっくりおりていきました。
レイチェルとカースティは、まちきれない顔《かお》で下《した》を見《み》おろしました。

女王様《じょおうさま》が池《いけ》にうつしてくれた丸太小屋《まるたごや》が、下《した》のほうに見《み》えます。

その外《そと》には、たくさんのエルフたちがいて、おどりまわるたびにぼうしについた鈴《すず》が楽《たの》しげな音《おと》をたてています。

「やったあ！」

みんなは、しあわせそうにさけんでいます。

「そりとトナカイを見《み》つけてくれたんだね！」

そりが着陸《ちゃくりく》すると、エルフたちはかけよってきて、トナカイににんじんを食《た》べさせてあげました。

レイチェルとカーステイは、丸太《まるた》小屋《ごや》からサンタクロースがでてきたのを見《み》て顔《かお》をかがやかせました。いそいででてきたのでしょう、赤《あか》いコートのボタンもしめていません。

「ようこそ！　ようこそ！」

サンタは顔《かお》いっぱいに笑顔《えがお》をうかべてさけびました。

「大切《たいせつ》なそりもかわいいトナカイたちもみんな無事《ぶじ》だね。ありがとう！」

「サンタさん、クリスマスには間《ま》にあいましたか？」

レイチェルが心配《しんぱい》そうにたずねます。

サンタはうなずきました。

「ああ、間《ま》にあったとも」

サンタがほほえみます。

「最高《さいこう》のクリスマスになるぞ！」

「でも、ジャック・フロストがあけちゃったプレゼントはどうなるの？」

カースティがたずねました。

「プレゼントをもらえない子《こ》たちがでてきちゃうっていうこと？」

「そんなことはないさ！」

サンタはひどくおどろいた顔《かお》で、大声《おおごえ》をだしました。

「そんなことにゃあならんよ！　わしのエルフたちが、たくさんおもちゃを作《つく》ってくれているんだからね」

そういうとすぐに、きれいにつつまれたプレゼントをいっぱいかかえたエルフたちが小屋《こや》から飛《と》びだしてきて、それをそりにのせました。

「さてと」

サンタは、またプレゼントでいっぱいになったそりを見《み》ていいました。

「王様《おうさま》と女王様《じょおうさま》がきみたちをおまちかねだよ。わしといっしょにおいで。プレゼントを配《くば》りにいくとちゅうでおろしてあげよう」

レイチェルとカースティは、ドキドキした顔《かお》でまたそりにのりこみました。クリスマス・イヴに、サンタクロースといっしょにそりにのれるだなんて！

サンタがたづなをにぎると、ホリーもやってきました。

「さあみんな、出発《しゅっぱつ》しよう！」

サンタがトナカイたちに声《こえ》をかけます。

「今日《きょう》はいそがしくなるぞ！」

またそりが空《そら》へとまいあがり、フェアリーランドへと出発《しゅっぱつ》すると、レイチェルとカースティはわらいながら顔《かお》を見《み》あわせました。

5.

フェアリー・メリークリスマス!

サンタのそりがフェアリーランドに近《ちか》づくと、ふたりとホリーの目《め》に、下《した》のほうで花火《はなび》がはじけているのが見《み》えました。

楽《たの》しい音楽《おんがく》と妖精《フェアリー》たちのわらい声《ごえ》が、そりまで聞《き》こえてきています。

「宮殿《きゅうでん》で大《おお》きなパーティをやっているんだわ」

ホリーがほほえみました。

「もうこの知《し》らせがとどいているのね」

トナカイたちが地面《じめん》へと近《ちか》づいていくと、そりを見《み》つけた妖精《フェアリー》たちが口々《くちぐち》に歓声《かんせい》をあげました。

レイチェルとカースティは、みんながまってくれているのに気《き》がつくと、そりの上《うえ》から手《て》をふりました。

「よくやってくれた！」

そりが着陸《ちゃくりく》すると、オベロン王《おう》がいいました。

「ホリーといっしょにクリスマスをまもってくれてありがとう！」

ティタニア女王《じょおう》もつづいていいました。

妖精《フェアリー》たちは、そりからおりてくるレイチェルとカースティ、そしてホリーにお祝《いわ》いをいいました。

「これをどうぞ」

レイチェルはそういうと、三《みっ》つめの特別《とくべつ》なプレゼントを王様《おうさま》に手渡《てわた》しました。

「ありがとう！」

王様《おうさま》がほほえみました。

「サンタクロースよ、そなたもいっしょにパーティを楽《たの》しんでいったらどうかな？」

けれども、サンタは首《くび》をふりました。

「そうしたいのですが、山《やま》ほど仕事《しごと》がありますので！」

そういうと、わらいながらたづなをふりました。

「メリー・クリスマス！」

「メリー・クリスマス！」

みんなも、遠《とお》ざかっていく銀《ぎん》のそりにむかってさけびました。

「ジャック・フロストはどうなったのですか？」

レイチェルがたずねました。

王様《おうさま》は、きびしい顔《かお》になりました。

「あやつは、魔力《まりょく》をぜんぶとりあげられたよ」

「また魔法《まほう》を使《つか》うゆるしをえるまで、一年間《いちねんかん》は自分《じぶん》の氷《こおり》のお城《しろ》からでられないことになったのです！」

女王様《じょおうさま》がいいました。

「とにかく、いまはクリスマスのお祝《いわ》いよ。三人《さんにん》にすてきなプレゼントを用意《ようい》しておきましたからね」

女王様《じょおうさま》が手《て》をパンパンとたたくと、ふたりの小《ちい》さな妖精《フェアリー》たちがさっとまいおりてきました。

その手《て》には、ホリーが前《まえ》にフェアリーランドにもち帰《かえ》っていたプレゼントをひとつずつもっています。

「このプレゼントは、三人《さんにん》のための特別《とくべつ》なプレゼントよ！」

女王様《じょおうさま》がいいました。

レイチェル、ホリー、そしてカースティがびっくりして言葉《ことば》をうしなうと、
みんなが声《こえ》をたててわらいました。

「クリスマスだからな、いますぐあけてみるといい」

王様《おうさま》がほほえみます。

そして、レイチェルからうけとったばかりのプレゼントを、ホリーへと手《て》渡《わた》しました。

ホリーはうれしそうに金色《きんいろ》のつつみ紙《がみ》をほどくと、箱《はこ》の中《なか》をのぞきこみました。

「新《あたら》しい杖《つえ》だわ！」

ホリーがはっと目《め》を見開《みひら》きました。

「すごくきれい！」

「特《とく》にキラキラしていて魔力《まりょく》が強《つよ》い杖《つえ》ですよ」

ティタニア女王《じょおう》がそういうと、ホリーは頭《あたま》の上《うえ》でくるくると杖《つえ》をふりました。

杖《つえ》は光《ひかり》の尾《お》をひきながら、クリスマス・ベルのあまい音《おと》をひびかせました。

「この杖《つえ》があれば、クリスマスはもっとすてきなものになるわ」

女王様《じょおうさま》がほほえみます。

「ありがとうございます！」

ホリーが笑顔《えがお》をうかべました。

女王様《じょおうさま》は、ほかのふたつのプレゼントを、レイチェルとカースティに手渡《てわた》しました。

ふたりとも、中《なか》を見《み》るのがまちきれません！

レイチェルのほうがカースティよりも少《すこ》しはやくプレゼントをあけると、ぱっと笑《え》顔《がお》になりました。

「妖精《フェアリー》のお人形《にんぎょう》だ！」

レイチェルが目《め》をキラキラとかがやかせます。

「見《み》て、カースティ。クリスマス・ツリーのてっぺんにつけるのにぴったり！」

人形《にんぎょう》は、魔法《まほう》でキラキラと光《ひか》りかがやいていました。

身《み》に着《つ》けた白《しろ》いドレスは銀《ぎん》と金《きん》にきらめき、長《なが》いかみの毛《け》の上《うえ》にまばゆい冠《かんむり》をのせています。

カースティのプレゼントにも、まったくおなじ人形《にんぎょう》が入《はい》っていました。

「はやくおうちに帰《かえ》ってクリスマス・ツリーにのせたいな！」

カースティが、しあわせそうにほほえみながらいいました。

「もうひとつだけ」

わらいながら、女王様《じょおうさま》がいいました。

「そのお人形《にんぎょう》は魔法《まほう》のお人形《にんぎょう》なのです。毎年《まいとし》クリスマスに、妖精《フェアリー》たちからの特別《とくべつ》なプレゼントをとどけてくれるわ！」

レイチェルとカースティは、心《こころ》の底《そこ》からドキドキしてしまいました。

こんなこと、想像《そうぞう》もしていなかったのです！

「だが、もうそろそろ帰《かえ》らなくてはいけない時間《じかん》みたいだな」

ふと、王様《おうさま》がいいました。

「はやく帰《かえ》らないと、クリスマスに間《ま》にあわなくなってしまうからね！」

ふたりはいそいでみんなにさよならをいいました。

ホリーとぎゅっとだきしめあうと、女王様《じょおうさま》が杖《つえ》をふりました。

「ありがとう！」

女王様《じょおうさま》がいいました。

「そして、メリー・クリスマス！」

「メリー・クリスマス！」

レイチェルとカースティは、くるくるまいおどる魔法《まほう》のフェアリーダストの中《なか》から答《こた》えました。

「メリー・クリスマス！」

妖精《フェアリー》たちもみんなで声《こえ》をそろえます。

とつぜん、キラキラとした妖精《フェアリー》たちの声《こえ》が聞《き》こえなくなり、フェアリーダストがはれました。

レイチェルとカースティは人間《にんげん》の大《おお》きさにもどって、レイチェルの家《いえ》の庭《にわ》に立《た》っていました。

「やったわ、レイチェル！」

カースティが息《いき》をはずませてわらいました。

「わたしたち、クリスマスをまもったのよ！」

「中《なか》に入《はい》って、妖精《フェアリー》のお人形《にんぎょう》をクリスマス・ツリーにのせましょう」

レイチェルがわらいました。

ふたりは家《いえ》の中《なか》にかけこみました。

カースティは、レイチェルがそっと妖精《フェアリー》のお人形《にんぎょう》をツリーの上《うえ》にかざっているのを見《み》まもりました。

「すっごくかわいい!」

レイチェルがうれしそうにいいました。

そのとき、玄関《げんかん》のベルがなりひびきました。

レイチェルが走《はし》って見《み》にいくと、カースティのママとパパが外《そと》に立《た》っていました。

「メリー・クリスマス！」

パパとママがほほえみながらいいました。

「ママ！　パパ！」

カースティはかけよりながらさけびました。

カースティのパパとママは、レイチェルの家《いえ》でお茶《ちゃ》とミンス・パイをごちそうになり、そしてカースティが帰《かえ》る時間《じかん》がやってきました。

カースティはボタンをなでてあげると、レイチェルとだきしめあいました。

「すてきなクリスマスを！」

カースティがいいました。

「カースティもね」

レイチェルが答《こた》えます。

そして、遠《とお》ざかっていくカースティたちの車《くるま》を、玄関《げんかん》の前《まえ》から手《て》をふって見送《みおく》ったのでした。

レイチェルのパパとママは玄関《げんかん》のドアを閉《し》めると、いごこちのいいリビング・ルームにもどっていきました。

けれど、レイチェルはもう少《すこ》しだけ、ボタンといっしょに玄関《げんかん》ホールにいました。

ツリーのてっぺんにいる、かがやく妖精《フェアリー》を見《み》あげます。

すると、レイチェルが目《め》をぱちくりさせました。

目《め》のさっかくでしょうか？

妖精《フェアリー》がレイチェルにほほえみかけました。

そして、魔法《まほう》の光《ひかり》がその杖《つえ》から雲《くも》のようにまきおこったのです。

レイチェルは、光《ひかり》が落《お》ちたところを見《み》おろしてみました。

するとツリーの下《した》には、さっきまでなにもなかったのに、プレゼントがおかれていたのです。

金色《きんいろ》のつつみ紙《がみ》にくるまれて、虹色《にじいろ》のリボンでチョウチョむすびされています。

レイチェルはほほえむと、ボタンをポンポンとたたきました。

ほんとうに、いままでで最高《さいこう》のクリスマスになりそうです！

レインボーマジック第《だい》1シリーズ　虹《にじ》の妖精《フェアリー》　内容紹介《ないようしょうかい》

妖精たちの世界《フェアリーランド》に色《いろ》をとりもどして!!

レイチェルとカースティは、夏休《なつやす》みに訪《おとず》れたレインスペル島《とう》で、ぐうぜん、小《ち》さな妖精《フェアリー》ルビーを見《み》つけます。ルビーはおそろしいジャック・フロストに呪《のろ》いをかけられて、人間《にんげん》の世界《せかい》に追放《ついほう》された虹《にじ》の妖精《フェアリー》たちのひとりでした。レイチェルとカースティが、ルビーにつれられてフェアリーランドにいくと、そこは色《いろ》のない白黒《しろくろ》の世界《せかい》。ふたりはジャック・フロストの呪《のろ》いをとき、フェアリーランドを色《いろ》のある平和《へいわ》な世界《せかい》にもどすため、7人《にん》の妖精《フェアリー》を探《さが》すぼうけんの旅《たび》へとでかけます!

レインボーマジック①
赤《あか》の妖精《フェアリー》ルビー

楽《たの》しんでいれば、きっと
レインボーマジック《虹の魔法》に出会《であ》えるよ!

色《いろ》のない白黒《しろくろ》の世界《せかい》になってしまった妖精《フェアリー》の国《くに》フェアリーランド。呪《のろ》いにかけられた虹《にじ》の妖精《フェアリー》たちを探《さが》しだすぼうけんファンタジー!

レインボーマジック②
オレンジの妖精《フェアリー》アンバー

そのキラキラは、
妖精の粉《フェアリーダスト》かもしれない!

赤《あか》の妖精《フェアリー》ルビーをたすけだしたレイチェルとカースティ、のこる六日間《むいかかん》で六人《ろくにん》の妖精《フェアリー》たちを探《さが》しだしましょう!

レインボーマジック③
黄色《きいろ》の妖精《フェアリー》サフラン

妖精《フェアリー》はぜったい大人《おとな》に
見《み》られちゃいけないよ!

魔法《まほう》の小川《おがわ》から聞《き》こえてくる声《こえ》は、妖精《フェアリー》たちに居場所《いばしょ》をしめしています。はたして、黄色《きいろ》の妖精《フェアリー》サフランはどこに?

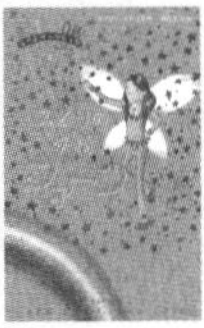

レインボーマジック④
みどりの妖精《フェアリー》ファーン

魔法《まほう》のバッグを
見《み》てみるっていうのはどうかな?

大《おお》きな石《いし》の塔《とう》、さきみだれるバラ、そしてみどり色《いろ》の高《たか》い生垣《いけがき》。秘密《ひみつ》の庭《にわ》でふたりが出《で》会《あ》ったものとは…。

レインボーマジック⑤
青《あお》の妖精《フェアリー》スカイ

たいへん!
スカイが閉《と》じこめられちゃう!

海草《かいそう》の下《した》からあらわれたカニは、青《あお》くキラキラしています。ふたりはカニの後《あと》をおいかけて、妖精《フェアリー》を探《さが》しにむかいます!

レインボーマジック⑥
あい色《いろ》の妖精《フェアリー》イジー

ここは、
おかしの国《くに》の入《い》り口《ぐち》だよ!

読《よ》もうとした本《ほん》の表紙《ひょうし》が、あい色《いろ》なことに気《き》がつきます。ところが、その本《ほん》の中《なか》にすいこまれてしまって!?

レインボーマジック⑦
むらさきの妖精《フェアリー》ヘザー

ジャック・フロストを、
虹《にじ》の魔法《まほう》でとめるのよ!

夏休《なつやす》みも最後《さいご》の日《ひ》!　のこるひとりの妖精《フェアリー》を見《み》つけだし、ジャック・フロストの呪《のろ》いをとくことはできるのでしょうか。

レインボーマジック第《だい》2シリーズ　お天気《てんき》の妖精《フェアリー》 内容紹介《ないようしょうかい》

たいへん！　魔法《まほう》の羽根《はね》がぬすまれちゃった！

前《まえ》の夏休《なつやす》みをレインスペル島《とう》ですごした、レイチェルとカースティ。ところがまた、ジャック・フロストとゴブリンがわるさをしてしまいます。なんと、フェアリーランドのお天気《てんき》を決《き》めている風見《かざみ》どりのドゥードルから、魔法《まほう》の羽根《はね》をぬすんでしまったのです。今度《こんど》はお天気《てんき》の妖精《フェアリー》たちと力《ちから》をあわせて、ゴブリンたちから魔法《まほう》の羽根《はね》をとりもどす、あらたなぼうけんの旅《たび》がはじまります！

レインボーマジック⑧
雪《ゆき》の妖精《フェアリー》クリスタル

夏《なつ》なのに、
雪《ゆき》がふってきちゃった!?

虹《にじ》の妖精《フェアリー》たちを探《さが》しだしたレイチェルとカースティ。しかし、またジャック・フロストとゴブリンがわるさをたくらんでいて!?

レインボーマジック⑨
風《かぜ》の妖精《フェアリー》アビゲイル

魔法《まほう》の羽根《はね》をもったゴブリンが、
きっと近《ちか》くにいるはず!

妖精《フェアリー》たちといっしょに、7枚《まい》の羽根《はね》をとりもどすことを約束《やくそく》したふたり。ケーキ作《づく》り選手権《せんしゅけん》の会場《かいじょう》で見《み》たものとは?

レインボーマジック⑩
雲《くも》の妖精《フェアリー》パール

また羽根《はね》の手《て》がかりが
見《み》つかったのかも!

ウェザーベリー村《むら》に住《す》んでいる人《ひと》たちの頭《あたま》の上《うえ》に、まるで小《ちい》さい雲《くも》のようなけむりがうかんでいて…。

レインボーマジック⑪
太陽《たいよう》の妖精《フェアリー》ゴールディ

太陽《たいよう》がしずまなくて、
あつくてねむれないよ!

夜《よる》にキャンプをしていると、まだ日《ひ》が高《たか》いことに気《き》がつきます。これは太陽《たいよう》の羽根《はね》をもっているゴブリンのしわざかも!

レインボーマジック⑫
霧《きり》の妖精《フェアリー》エヴィ

すごくはやく霧《きり》が
たちこめてきているみたい!

マラソン大会《たいかい》をおこなっている森《もり》の中《なか》は、銀色《ぎんいろ》の霧《きり》でいっぱい! とりもどさなければいけない羽根《はね》はあと三枚《さんまい》!

レインボーマジック⑬
雷《かみなり》の妖精《フェアリー》ストーム

もうびしょぬれ!
これはまちがいなく魔法《まほう》だわ!

雨宿《あまやど》りのためにむかった村《むら》の博物館《はくぶつかん》。そこではゴブリンがとんでもないことをおこなっていて!?

レインボーマジック⑭
雨《あめ》の妖精《フェアリー》ヘイリー

ついにジャック・フロストが
やってくる!?

「気《き》をつけろ、ジャック・フロストがくるであろう」風見《かざみ》どりドゥードルの警告《けいこく》! 最後《さいご》の羽《は》根《ね》を見《み》つけられるのでしょうか。

レインボーマジック第《だい》3シリーズ　パーティの妖精《フェアリー》　内容紹介《ないようしょうかい》

妖精《フェアリー》たちのパーティ・バッグをまもらなくっちゃ!

フェアリーランドの記念式典《きねんしきてん》に招待《しょうたい》されることになった、ふたりの女《おんな》の子《こ》、レイチェルとカースティ。ところが、いたずら好《ず》きのジャック・フロストは、またなにかをたくらんでいるようす。手《て》下《した》のゴブリンたちを 使《つか》って、人間《にんげん》の世界《せかい》のパーティをめちゃくちゃにし、妖精《フェアリー》たちから魔法《まほう》のバッグをぬすんでしまおうとしているのです。妖精《フェアリー》たちは魔法《まほう》のバッグがないと、パーティのじゅんびができません!　フェアリーランドの記念式典《きねんしきてん》を無事《ぶじ》に成功《せいこう》させるため、妖精《フェアリー》たちといっしょに力《ちから》をあわせて、ふたりの新《あたら》しいぼうけんがはじまります!

レインボーマジック⑮
ケーキの妖精《フェアリー》チェリー

**魔法《まほう》の手紙《てがみ》は、
ぼうけんのはじまりだよ!**

手紙《てがみ》からあふれだす光《ひかり》といっしょにあらわれたのはだれ？　レイチェルとカーステイの新《あたら》しいぼうけんがはじまります!

レインボーマジック⑯
音楽《おんがく》の妖精《フェアリー》メロディ

**どうしよう!
バレエの音楽《おんがく》が止《と》まらない!**

パーティの妖精《フェアリー》のバッグをぬすもうとたくらむゴブリンたち。バレエの発表会《はっぴょうかい》にむかったふたりが見《み》たものは…？

レインボーマジック⑰
キラキラの妖精《フェアリー》グレース

**おたんじょう日《び》の
かざりつけはたいへん!**

パーティのかざりつけをてつだうことになったふたり。そのパーティには、ゴブリンがあらわれるかもしれません!

レインボーマジック⑱
おかしの妖精《フェアリー》ハニー

**さあ、おかし屋《や》さんの
パーティへいこう!**

おかし屋《や》さんのパーティでは、ゴブリンが大《おお》あばれ!　チョコレートの足《あし》あとの先《さき》には、いったいなにが？

レインボーマジック⑲
お楽《たの》しみの妖精《フェアリー》ポリー

**もしかしてこれ、
ゴブリンのいたずらかしら？**

ガールスカウトの楽《たの》しいゲームに参加《さんか》している中《なか》で、おかしなことがたくさんおこってしまい…。

レインボーマジック⑳
お洋服《ようふく》の妖精《フェアリー》フィービー

**お気《き》に入《い》りのドレスが
だめになっちゃった!**

ドレスがみどり色《いろ》の絵《え》の具《ぐ》でよごれてしまって…。どうやらゴブリンが近《ちか》くにひそんでいるようです!

レインボーマジック㉑
プレゼントの妖精《フェアリー》
ジャスミン

**最後《さいご》の魔法《まほう》のバッグは
どうなるの!?**

いよいよレイチェルとカーステイのお休《やす》みも最《さい》後《ご》の日《ひ》。妖精《フェアリー》たちとのドキドキのぼうけんはどうなるのでしょう!

夏休《なつやす》みの妖精《フェアリー》サマー

3つのお話《はなし》がセットになったスペシャルブック第《だい》1弾《だん》!

妖精《フェアリー》たちとの夏休《なつやす》みがやってくる!

「わしの魔法《まほう》で、魔法《まほう》の貝《かい》がらレインスペル・シェルをぬすんでやろう。そしたらビーチもアイスクリームも、みんなの夏《なつ》のお楽《たの》しみも台《だい》なしだ!」夏休《なつやす》みに、ふたたびレインスペル島《とう》へおとずれたレイチェルとカースティ。ところが、ジャック・フロストとゴブリンたちは、島《しま》にある三《みっ》つの魔法《まほう》の貝《かい》がらをぬすんで、自分《じぶん》たちだけお休《やす》みを楽《たの》しんでいるようす。はたして、ふたりは無《ぶ》事《じ》に夏休《なつやす》みをすごすことができるのでしょうか!

レインボーマジック対訳版《たいやくばん》①～⑦　第《だい》1シリーズ「虹《にじ》の妖精《フェアリー》」

かわいい妖精《フェアリー》たちと、
初級《しょきゅう》レベルの生《い》きた英語《えいご》を学《まな》ぼう！

世界中《せかいじゅう》で大人気《だいにんき》のファンタジーが、左《ひだり》に英語《えいご》、右《みぎ》に日本語《にほんご》の見《み》やすい対訳本《たいやくぼん》に！　おそろしいジャック・フロストの呪《のろ》いで、白黒《しろくろ》の世界《せかい》になってしまったフェアリーランド。色《いろ》のある平和《へいわ》な世界《せかい》に戻《もど》すため、ふたりの女《おんな》の子《こ》レイチェルとカースティは、7人《にん》の妖精《フェアリー》たちを探《さが》す冒険《ぼうけん》の旅《たび》へとでかけます！

レインボーマジック対訳版《たいやくばん》①
赤《あか》の妖精《フェアリー》ルビー

レインボーマジック対訳版《たいやくばん》②
オレンジの妖精《フェアリー》アンバー

レインボーマジック対訳版《たいやくばん》③
黄色《きいろ》の妖精《フェアリー》サフラン

レインボーマジック対訳版《たいやくばん》④
みどりの妖精《フェアリー》ファーン

レインボーマジック対訳版《たいやくばん》⑤
青《あお》の妖精《フェアリー》スカイ

レインボーマジック対訳版《たいやくばん》⑥
あい色《いろ》の妖精《フェアリー》イジー

レインボーマジック対訳版《たいやくばん》⑦
むらさきの妖精《フェアリー》ヘザー

作《さく》　デイジー・メドウズ

訳《やく》　田内《たうち》志文《しもん》

埼玉県《さいたまけん》出身《しゅっしん》。文筆家《ぶんぴつか》。大学《だいがく》卒業後《そつぎょうご》にフリーライターとして活動《かつどう》した後《のち》、渡英《とえい》。

イースト・アングリア大学院《だいがくいん》にてMA in Literary Translationを修了《しゅうりょう》。

『BLUE』（河出《かわで》書房《しょぼう》新社《しんしゃ》）、『Good Luck』『Letters to Me』

『TIME SELLER』（ポプラ社《しゃ》）、『THE GAME』（アーティストハウス）

などの訳書《やくしょ》のほか、絵本《えほん》原作《げんさく》やノベライズも手《て》がける。

現在《げんざい》はスヌーカーの選手《せんしゅ》としても活動《かつどう》しており、
JSAランキング4位《い》。2005、2006年《ねん》スヌーカー全日本《ぜんにほん》選手権《せんしゅけん》ベスト16。

2006年《ねん》スヌーカー・ジャパンオープン、ベスト8。

2006年《ねん》スヌーカー・チーム世界《せかい》選手権《せんしゅけん》、日本《にほん》代表《だいひょう》。

2007年《ねん》タイランド・プロサーキット参戦《さんせん》。

装丁《そうてい》・本文《ほんぶん》デザイン　藤田《ふじた》知子《ともこ》

口絵《くちえ》・巻末《かんまつ》デザイン　小口《おぐち》翔平《しょうへい》（FUKUDA DESIGN）

DTP　ワークスティーツー

レインボーマジック　クリスマスの妖精《フェアリー》ホリー

2007年《ねん》11月《がつ》10日《か》　初版《しょはん》第《だい》1刷《ずり》発行《はっこう》

著者《ちょしゃ》　デイジー・メドウズ

訳者《やくしゃ》　田内《たうち》志文《しもん》

発行者《はっこうしゃ》　斎藤《さいとう》広達《こうたつ》
発行《はっこう》・発売《はつばい》　ゴマブックス株式会社《かぶしきがいしゃ》
〒107-0052 東京都《とうきょうと》港区《みなとく》赤坂《あかさか》1-9-3 日本《にほん》自転車《じてんしゃ》会館《かいかん》3号館《ごうかん》
電話《でんわ》 03-5114-5050

印刷《いんさつ》・製本《せいほん》　株式会社《かぶしきがいしゃ》 暁印刷《あかつきいんさつ》

ISBN 978-4-7771-0766-7

乱丁《らんちょう》・乱文本《らんぶんぼん》は当社《とうしゃ》にてお取替《とりか》えいたします。

定価《ていか》はカバーに表示《ひょうじ》してあります。

ゴマブックスホームページ
http://www.goma-books.com/